© 강영호

**김
탁
환**

1968년 진해에서 태어나 서울대학교 국어국문학과와 동 대학원을
졸업했다. 장편소설 『뱅크』, 『밀림무정』, 『눈먼 시계공』, 『노서아
가비』, 『혜초』, 『리심, 파리의 조선 궁녀』, 『방각본 살인 사건』, 『열
녀문의 비밀』, 『열하광인』, 『허균, 최후의 19일』, 『불멸의 이순신』,
『나, 황진이』, 『서러워라, 잊혀진다는 것은』, 『압록강』, 『독도 평
전』, 소설집 『진해 벚꽃』, 문학비평집 『소설 중독』, 『진정성 너머의
세계』, 『한국 소설 창작 방법 연구』, 산문집 『뒤적뒤적 끼적끼적』,
『김탁환의 쉐이크』 등을 출간했다.

혁
명

1

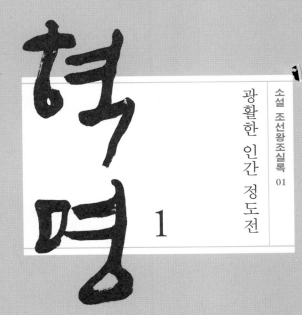

혁명

1

광활한 인간 정도전

소설 조선왕조실록 01

김탁환

민음사

광활한 인간을 만났다.

가슴에 새로운 국가를 품은 호방함에 끌렸다.

나라의 잘잘못을 평하는 훈수꾼들은 언제나 많다. 그러나 미리 계획한 대로 한 국가를 부수고 한 국가를 세운 혁명가는 드물다. 의로움을 주장하는 것과 의롭게 싸워 이기는 것은 하늘과 땅 차이다. 고려 말 조선 초를 살다 간 정도전은 백성을 위한 나라를 열망했고, 목숨이 다하는 순간까지 초심을 잃지 않았다. 뼈를 깎는 자기 혁신과 민본주의, 부국강병의 의지는 21세기 이 땅을 살아가는 우리에게도 특별한 울림을 준다.

정도전은 수많은 논저와 작품에서 거듭 다뤄졌다. 그러

나 혁명가의 일상에 관한 세밀한 묘사와 영혼에 대한 깊은 탐색이 부족했음은 부인하기 어렵다. 정도전이란 인간이 원명 교체기라는 격동기와 어떻게 만나고 엇갈렸는가를, 나는 일기체를 통한 비공식적 내면과 편년체를 통한 공식적 외면의 부딪침에 담고자 했다. 정치와 예술 혹은 의로움과 아름다움이 길항하고 화해하는 대장정이기도 하겠다.

대업은 결코 혼자 이룰 수 없다. 동지(同志) 즉 뜻을 함께한 이들과의 교유는 혁명을 향한 격렬하면서도 냉철한 사유가 어디서부터 비롯되어 어떻게 흘러가며 바뀌었는가를 드러낸다. 정도전, 정몽주, 이숭인, 권근으로 대표되는 이색 문하의 젊은 성리학자들이 맞닥뜨린 현실은 무엇이었던가. 큰 나라를 향한 충성심만 가득하고 자주의 의지는 전혀 없는 고려의 왕들, 도적 떼에게 도읍지를 빼앗긴 나약한 군인들, 내세를 팔아 장사하는 종교인들, 법을 사사롭게 굴려 자기네 곳간만 채우는 관리들.

이건 국가도 뭣도 아니라고 대들었지만 역부족이었다. 몇은 죽고 몇은 겨우 목숨을 건져 유배지로 밀려났다. 인생의 깊은 수렁에 빠졌지만 꺾이진 않았다. 빛나는 낮에 그들은 일했고 외로운 밤에 그들은 궁리했다. 뜻을 나눈 벗이기에 짧은 서찰만으로도 위로하고 위로받았다. 조선

건국 전후 발 빠르게 작성된 각종 문건은, 먹구름이 별을 모두 가린 귀양과 방랑의 시절 밤하늘에 박아 넣은 생각들이다.

조선의 대표적인 책사로 정도전과 한명회가 흔히 꼽히지만 둘은 완전히 다른 인간이다. 한명회는 기껏해야 수양대군을 용상에 앉히는 데만 집중했다. 그에게는 제도와 사상에 대한 고민이 없었다. 반면에 정도전은 법, 제도, 종교, 국방, 도읍지, 조세, 교육 등 가장 사소한 것에서 가장 거대한 것에 이르기까지, 새 세상의 전망과 방안을 모두 갖춘 인물이다. 혁명과 건국을 도모하는 자리에서, 정도전은 이성계와 대등하게 이마를 맞대고 허심탄회하게 논의하였다. 이성계는 단 한 번도 정도전을 책사 취급한 적이 없다. 『맹자』를 탐독하고 유배라는 하방(下放)을 거치면서 도탄에 빠진 백성을 만난 문신과 숙련된 기병을 거느리고 홍건적과 왜구를 물리친 무장의 기이한 우정은 멋지고 그윽하다. 대장부답다.

정도전의 고민을 정도전의 방식으로 드러내고자 오랫동안 머뭇거렸다. 일생을 처음부터 끝까지 나열하기보단 가장 빛나면서도 아픈 지점을 찾으려 했다. 내가 택한 나날은 이성계가 해주에서 낙마하는 순간부터 정몽주가 암살당하는 순간까지다. 고려라는 불꽃이 스러지고 조선이라는 동이 튼 18일! 그 하루하루를 진중함과 유쾌함이 공존하는 정도전만의 미적 감각으로 응축하고 싶었다.

실패와 분노와 무관심의 켜를 헤아리다가 뛰쳐나와 떠돈다.

언 단어 바깥으로 부슬비가 내렸다. 젖은 모자를 뒤집어 바닥에 놓고 부르는 거리의 노래가 힘찼다. 마음의 가난이 채워지지 않았기에, 그 밤은 무엇인가를 찾는 사람들로 넘쳐났다. 말들은 찌개처럼 들끓다가 입김처럼 스러졌다. 나는 전부이자 전무인 이야기를 반복했다.

패퇴시키거나 무시하면 그만인 적(敵)은 진정한 적이 아니다.

치명타는 항상 내부로부터 날아든다. 나의 내부, 우리의 내부!

후회와 긍지, 여유와 초조함을 부둥켜안고 신음하는 이 인간을, 나는 사랑할 수밖에 없다. 어떤 꿈은 결단한 대로 이뤄져 아름답고 어떤 바람은 뜻을 전하기 전에 꺾여 문드러진다. 높고 쓸쓸한 허무의 시간이 그로부터 내게로 왔다.

나는 이것을 썼다. 우연을 가장한 필연이고 작가인 내가 감내할 몫이다.

억울한 이는 예나 지금이나 이 땅의 백성이다. 굶어 죽고 병들어 죽고 매 맞아 죽어도, 스스로 목숨을 끊어도, 국가는 그들을 위해 울어 주지 않았다. 인간은 과연 얼마나 절망해야 혁명을 꿈꾸게 될까.

만물엔 틈이 있고 그 틈으로 빛이 들어온다는 노래를 듣고 좋았다.

이 소설이 틈이기를 바라며, 뜨거운 이름들을 찬찬히 불러 본다.

2014년 1월

김탁환 쓰다

아름다운 중에서도 아름다운 바다는—

아직 지나가지 않은 바다.

아름다운 중에서도 아름다운 아이는—

아직 다 자라지 않은 아이.

아름다운 중에서도 아름다운 세월은—

아직 오지 않은 세월.

그대에게 내 말하고 싶은

아름다운 중에서도 아름다운 말은—

아직 입 밖에 내지 않은 말.

—『옥중서한 제19신』*

* 나짐 히크메트가 쓰고 백석이 번역하다.

자서
自序

돌판에 새긴 별들을 본 적이 있다. 밤하늘에서처럼 빛나지 않았고 돌보다도 어두웠다. 해마다 더 깊고 짙어져 언젠간 판을 부술 것이라고 했다.

　이 글 묶음은 사사로운 일기를 넘어선다. 해서는 안 된다는 깨달음이 문장마다 가득하니, 했어야 할 일, 해야 할 일을 확인하는 데 이보다 어울리는 거울이 없다. 고산 준봉에서 솟은 물은 시내를 만들고 강을 이뤄 바다에 안길 때까지 쉼 없이 흘러내린다. 나의 삶도 그러했다. 이른 봄날, 가을의 수확을 상상하며 고이 아껴 둔 씨를 뿌리기 전에 밭을 갈아엎고 땅을 파 물길을 먼저 내고자 분주했다.

　인간은 누구나 자기만의 물줄기를 만든다. 물줄기는 더 큰 물줄기로 합쳐지기도 하지만 또한 갈라져 흩어질 때도 많다. 거대한 산이나 단단한 바위만이 물을 가르진 않는다. 미미한 틈이 만든 영원한 이별을, 사서(史書)를 뒤적이지 않더라도 지금 당장 열 군데는 꺼내 보일 수 있다. 더 빨리 흘러가려 발뒤꿈치를 들지 말고 머물러 이 틈을 메우는 노력을 해야 한다. 함께 흐르지 않고는 멀리 갈 수 없다.

빛깔도 소리도 냄새도 맛도 감촉도 시시각각 변한다. 확인하고 또 확인해야 한다. 틈은 바뀌지만 그 틈을 대하는 나의 자세는 달라지지 않았다. 틈을 메우기 위해 최선을 다할 것. 더 깊고 넓게 파서 틈을 없애 버리는 짓은 가장 나중에 해도 늦지 않다. 명심할 점은 그 틈이 이쪽과 저쪽, 나와 당신 사이를 직선으로 확연히 구분하지 않는다는 점이다. 둘만의 대결로 틈을 설명하는 명쾌한 주장을 의심하라! 6년 전에도 그랬고 지금도 그렇지만, 이 틈은 고려와 조선, 즉 정몽주와 정도전 사이에 난 것도 아니고 왕실과 신하, 즉 이방원과 정도전 사이에 난 것도 아니다. 틈이 이렇듯 단정하고 쉽게 설명된다면, 성현이 여러 나라를 주유했을 까닭이 없다.

뒤따르는 이들이 물길을 잘못 들어 말라 버리지 않도록 제방을 쌓으면서 여기까지 왔다. 바다가 코앞임을 감히 느낀다. 마치지 않은 일들이 적지 않고 그중 몇몇은 촉나라로 들어가는 길만큼 험하다. 산림에 일찌감치 묻힌 이들은 속히 와서 한가로움을 즐기자고 권한다. 그러나 나는 바다에 닿을 때까지 무겁게 흐르려 한다. 뿌리가 강건한 나무는 그 잎이 무성하고 근원이 깊은 물줄기는 그 흐름이 길다.

마음의 옹이 같은 글 묶음이다. 몇 번 물에 씻어 버릴까 했지만 책 상자에 담아 두곤 없애지 못했다. 바꿀 수 없는 소용돌이가 있기에 인생은 탐구하고 도전할 만한 무엇이다. 겉장을 손바닥으로 쓸기만 해도 밀려 나오는 이 아쉬움 역시 평생의 짐이다. 새로움이란, 딛지 않은 다음 언덕에만 허락된 특권이 아니다. 이미 지나온 벌판과 계곡을 풍부하고 정밀하게 바라보노라면 어느새 새로움이 발목에서 찰랑거린다. 오늘 밤도 나는 호랑이를 잡는 새, 육덕위(肉德威)의 눈으로 어제의 틈을 메웠고 또 내일의 틈을 발견했다.

바다에 든 후 여유가 있다면, 마음이 묻고 하늘이 답한 순간들을 이 글 묶음에 잇달아 이야기로 풀고 싶다. 사람이 새로워지지 않고는 나라도 새로워지지 않는다. 사람이 도(道)를 넓히는 것이지 도가 사람을 넓히는 것은 아니다. '조선' 사람의 이치와 느낌을 분명히 남기는 것이, 미완일지언정 지금 꼭 필요하다. 스스로 잊지 않겠다는 약속으로 자서(自序)를 지어 붙이곤 여명에 질문을 던진다. 정도전, 너란 인간은 6년 전 높고 고운 나라〔高麗〕로부터 얼마나 달라졌는가?

무인년 8월 무진일* 새벽, 삼봉 쓰다

---

* 1398년 8월 25일. 조선 태조 7년이다. 25일 밤부터 26일에 걸쳐 이방원이 1차 왕자의 난을 일으켜 정도전을 암살하였다.

1장

집필을 권함

◉ 공양왕 4년 임신년 3월 무술일*

◎ 화령군개국충의백(和寧郡開國忠義伯) 대장군 이성계가 해주에서 사슴 사냥을 하다가 낙마하여 크게 다쳤다.

명나라에서 귀국하는 세자 왕석(王奭)을 마중하기 위해 황주까지 갔다가 함께 왕성으로 돌아오는 길이었다. 처음 엔 수문하시중 정몽주를 비롯하여 몇몇 문신이 영접사로 거명되었다. 왜선이 강화도 인근에 나타났다는 보고를 접 한 왕이 대장군에게 친히 부탁하였다. 대장군은 기꺼이 명 을 받들어 병졸을 이끌고 왕성을 나섰다. 왕의 아우 왕우 (王瑀)가 동행했다.

해주 가까이 이르렀을 때, 세자와 함께 명나라에 갔던

---

* 1392년 3월 17일.

환관 정동국(鄭東菊)이 급히 와서 아뢰었다.

"세자 저하의 감환이 누런 모래바람 심하던 요양성에서부터 비롯되었고 압록강 건너 의주의 객관인 의순관(義順館)에 이르러 악화되었습니다. 강바람이 잦아들기를 기다리며 반나절을 쉬어 무사히 강을 건너기는 하였으나 고열에 기침이 끊이질 않았습니다. 마상은 물론이고 가마의 출렁임도 견디지 못하시는 바람에 부득이 걷게 되셨습니다. 100보마다 휴식을 취하고 물과 음식을 충분히 드신 뒤 이동하느라 일정이 많이 늦어진 것입니다. 어젯밤부터 저하의 병세가 더욱 심해졌습니다. 대장군께 행군의 속도를 조금 늦추었으면 한다는 뜻을 전하라 하셨습니다."

대장군은 해주에서 하루를 쉰다는 영을 내렸다. 장산곶 매가 사냥한 토끼 일곱 마리를 구워 점심 요기를 마쳤다. 대장군이 매사냥을 주도한 병졸 나한식(羅韓飾)에게 금품을 내렸으나 그 병졸은 오히려 눈물로 중벌을 청했다. 사슴 두 마리가 튀어나오는 바람에 여덟 번째 토끼를 놓쳤다는 것이다. 대장군은 동궁(彤弓)*과 백우전(白羽箭)으로 무장하고 백마 응상백(凝霜白)에 올랐다. 위화도까지 함께 갔던 명마였다. 제장들이 만류했으나 정직한 눈물에 보답하

---

* 적궁(赤弓)이라고도 한다. 붉은색을 칠한 활.

겠다며 군영을 벗어났다. 나한식이 더 크게 울며 따랐다.

창공을 돌던 매가 사슴 한 쌍을 발견하고 날아 내렸다. 매의 발톱이 등을 파고들기도 전에 대장군의 화살이 사슴의 목을 꿰뚫었다. 남은 사슴이 달아나기 시작했다. 대장군은 사슴을 쫓는 대신 숲을 빠져나와 반원을 그리며 질주한 후 매복병처럼 기다렸다. 껑충대며 달려오는 사슴의 목에 연이어 화살을 명중시켰다. 꽹과리를 치고 피리를 불며 뒤따르던 병졸이 환호했다. 대장군은 응상백의 앞발을 높이 들고 오른손을 흔들며 답례했다. 그 발이 다시 지면에 닿는 순간 멧돼지가 달려 나와 응상백의 배를 들이받았다. 백마가 쓰러지면서 대장군이 멀리 튕겨 나갔다. 참나무에 머리를 부딪치고 바위에 옆구리를 찧었다. 피가 낭자했다.

◎ 왕이 왕성에 머물렀다.

왕이 성종(成宗)의 치적을 기록한 글과 최승로의 시무책을 찾아 읽었다. 그리고 수문하시중 정몽주에게 나라의 흥폐(興廢)와 존망(存亡)을 물었다. 정몽주가 『맹자』를 빌려 답했다.

"천자(天子)가 불인(不仁)하면 사해(四海)를 보전할 수 없고 제후가 불인하면 사직을 보전할 수 없고 경대부(卿大夫)가 불인하면 종묘를 보전할 수 없고 사서인(士庶人)이 불인하면 제 몸을 보전할 수 없다고 하였사옵니다."

왕이 물었다.

"고려와 같은 작은 나라가 인(仁)만 가지고 충분하겠소?"

정몽주가 주저하지 않고 답했다.

"패자(覇者)는 대국(大國)이 필요하옵니다. 겉으로는 인(仁)을 앞세우는 척하지만 힘으로 다른 나라를 겁주고 전쟁을 벌이기 때문이옵니다. 왕자(王者)는 대국이 필요 없사옵니다. 내면의 덕으로 인을 행하기 때문이옵니다. 탕왕은 사방 70리, 문왕은 겨우 사방 100리의 나라를 다스렸음을 잊지 마시오소서. 덕을 널리 베푸시면 만백성이 기쁨에 젖어 진심으로 복종할 것이옵니다."

◎ 정몽주가 퇴청한 뒤 변중량(卞仲良), 권우(權遇)를 비롯한 제자들에게 『시경』을 강론하였다. 시를 읊는 목소리는 박연폭포를 닮아 당당하고 격렬했으며, 시를 설명하는 눈길은 푸른 주병(酒甁)을 닮아 그윽하고 세심했다. 글자 하나로 이두(李杜, 이백과 두보)부터 지금까지의 시들을 구슬처럼 꿰었다가 풀었다.

까막까치 울음에 새벽잠을 깼다. 장대비가 마루까지 빗금으로 들이치니 날짐승도 길짐승도 뜻을 펴기엔 합당하지 않은 날이다. 그늘이 까끌까끌하다.

스스로를 거문고에 빗대는 이는 많지만 거문고를 손수 어루만지며 기러기발[雁足]에 정(情)을 담는 학인은 드물다. 작년 9월 경상도 봉화로 귀양 가던 날, 포은 정몽주가 왕성 남문인 회빈문까지 배웅을 왔다. 수고로운 일이다. 그는 거문고를 무릎에 얹고 술대로 슬픔을 내리치면서, 음(音)을 어루만지며 율(律)을 펴고 또 거둬들였다. 아슴아슴한 등잔불도 피우고 험한 밤길도 쓸고 밭은기침을 토하게 하는 책 먼지도 날리고 기녀들의 웃음도 켜켜이 쌓았다가 무너뜨리고 그 모두를 뚫어 꿸 화살까지 날렸다. 말이 없어도 넉넉한 순간을 두어 가지 꼽아 보았다. 하나는 시흥(詩興)에 젖어 붓을 놀릴 때고 또 하나는 악기를 연주하거나 들을 때다. 혀는 쉬지만 세상은 소리로 가득 찬다. 획 하나에 울고 현 하나에 웃는다.

그는 남고 나는 떠나야 한다. 내가 남고 그가 떠나는 상상도 했었다. 그리 만들자는 제안도 받았다. 그도 몇몇 권유를 들었을 것이다. 혹자는 그가 나를 내쳤고 내가 그에게서 버림받았다고 단언했다. 혹자는 그가 어명을 등에 업고 나를 없애거나 내가 대장군 이성계를 꾀어 그를 죽일 것이라고 내다봤다. 서로가 세상의 전부였던 지음(知音)의 나날을 음미하는 이는 없었다. 포은과 내가 크고 넓고 평평한, 벽란도에서 뻗은 대로를 내달려 서교를 지나 왕성 서문인 선의문에 닿지 않았음을 기억하는 이는 당연하게도 우리뿐이다.

포은은 여운이 충분히 떠돌다 흩어지기를 기다려 동의를 구했다.

"삼봉! 솔직해지세. 우린 이씨(李氏)의 나라가 아니라 백성의 나라를 열망하지 않았는가?"

빗소리를 벗 삼아 탁주를 쏴아 들이켰다.

"이씨면 완성이고 왕씨(王氏)면 좌절이라는 말장난을 자네도 믿는 건 아니겠지? 주객을 바꾸지 말게. 처음부터 지금까지 내겐 백성이 가장 귀하였으이."

사직(社稷)보다도 군(君)보다도 귀한, 결코 갈아치울 수 없는 그와 나의 모든 것, 백성 민(民)!

팔베개를 하고 누워 내 인생을 버틴 들보의 크기와 무게를 가늠하노라니 기억할 만한 선물이 도착했다. 비단으로 겹겹이 싼 덕분에 젖진 않았다. 어둑한 빈방에 진열하듯 벌렸다. 붓 열 자루, 먹 다섯 개, 벼루 두 개 그리고 백지 스무 권. 왕성에서 포은이 골라 보낸 상상품이다.

벌써 17년 전이다. 을묘년(1375년, 우왕 원년) 전라도 나주로 첫 귀양을 갔을 땐 시집 『금남잡영(錦南雜詠)』과 문집 『금남잡제(錦南雜題)』*를 짓느라 분주했는데, 지금은 가끔 글귀가 떠올라도 흐린 술잔에 씻어 지우곤 잊는다. 베개 위에서 시구를 고르고 붓을 들어 잡(雜)을 더하며 문재를 뽐내어 견주던 시절은 지나갔다. 포은도 나도 안다. 버리고 찢고 감추고 덮어야 하는 삶의 숙변 같은 것들. 찌꺼기는 찌꺼기고 숯검정은 숯검정이다. 미사여구로 헛헛함을 가리기엔 낙담이 짙다. 내 탓 남 탓 드러내기도 숨기기도 곧장 찌르기도 에둘러 넌지시 밀기도 지겹다. 그만 쓰자!

나의 벗이자 나의 형 그리고 나의 스승 포은이 문방사우를 살뜰히 챙겨 보냈다. 산지(産地)와 가격까지 직접 따졌으리라. 호방하면서도 엄밀한, 만인의 바람을 죄다 알고 나서야 자신의 속마음을 눈짓이나 입술 떨림에 나비처럼 얹는 사내. 꼭 한 번은 퇴로를 막고 그 등을 힘껏 밀어 먼저 응답하게 하리라. 이 배려는 누구로부터 배운 것인가. 이 여유로움은 어느 그늘에서 오는 것인가. 이 견고함은 무엇

---

* 정도전이 나주 귀양지에서 지은 시집과 문집. 현재 『삼봉집』에 실려 전한다.

을 버리고 얻은 것인가.

봉화에서도 나주에서도 영주에서도 들개처럼 숲길과 천변을 걷고, 댓바람부터 당나귀 탄 채 술잔 기울이며 시 짓는다는 소식 접했겠지. 나를 무함하여 포은의 눈에 들려는 쥐새끼들이 찍찍거렸을 테니까. 포은 형님! 이 아우의 마른기침이 들리십니까. 산천엔 봄볕 가득한데 제 목구멍과 가슴으론 폭설이 내립니다. 길은 사라지고 다리는 숨고 마른 가지는 부러지고 발은 얼어붙습니다. 농익은 술이 아니고서야 어찌 이 막막한 빈 들판을 데우겠습니까. 편히 누워 새벽 시린 하늘을 바라겠습니까.

거추장스러운 네 가지 벗은 포은의 권고다. 평생 그는 내게, 예성강 어둠을 거슬러 올라오는 정월 대보름 상원연등(上元燃燈)처럼, 한 질의 경전이나 한 편의 시를 안겼다. 어떤 선물은 너무 일찍 도착해서, 선물인 줄도 모른 채 받아 두고 잊었다가 나중에 눈시울과 콧잔등을 시큰거리게 만들었다. 함께 겪은 나날에서 내가 깨닫지 못한 선물이 아직 남았으리라. 포은은 수수께끼를 선뜻 먼저 풀어 주는 사람이 아니다. 스스로 가치와 어려움을 깨달아야 비로소 선물다운 선물, 문제다운 문제가 된다고 믿는 쪽이다. 문제가 너무 어려워서 선물을 받고도 고맙다고 답례할 기회를 놓쳤다며 불평한 적이 있다. 거기까지 멋진 답을 제시하는 사내.

"자네에게 정말 주고 싶은 선물이 바로 그 고뇌의 시간이었다네."

17년 전 녹발(綠髮) 젊은이로 나주에서 받아 읊을 때보다 오히려 지금 영주의 백발 늙은이에게 울림도 크고 허무도 깊다. 낙인처럼 내 가슴을 눌러 찍는 시! 은자인 삼봉을 뉘라서 비할 건가. 처음 세운 뜻 평생 변함없어라.

포은이 썩 지금 당장 쓰라고 강권하는 글감들을 나는 안다. 시간을 쏟아붓고 장소를 건너뛰며 함께 의논한 바로 그 법, 그 제도, 그 원칙과 그 단정하고 명쾌한 논점을 어찌 잊으리. 무너졌거나 부족한 하나하나를 채우는 방식이 아니라 나라 전체를 일신(一新)하기 위해 버리고 취하고 고치고 부술 일의 선후까지 정돈해 두지 않았던가. 이것은 내가 초를 잡고 이것은 그대가 초를 잡으시라는 권고까지!

귀양살이의 신산함 따위가 아니라, 그것들을, 틈을 지우고 거칠게 튀어나온 모서리를 단어로 깎고 문장으로 다듬으란 뜻이다. 일이 없어 수담(手談)인 바둑조차 번거로울 지경인 내 어깨에 인생의 짐을 얹고 격려함이 은근히 심하다. 내가 삼봉 자네라면 그리하겠네. 자네가 조정 대소사를 보고 내가 티끌 가득한 왕성을 떠나 낚싯대 하나로도 먹고사는 데 넉넉한 시골에 죽림칠현처럼 묻혔다면 말일세.

『춘추(春秋)』를 짓던 공자의 마음으로 답할 수밖에 없다. 적을 만한 일은 적고 지울 만한 일은 지우며 칭찬할 만한 일은 칭찬하고 비난할 만한 일은 비난하겠습니다.

일어나지 말았어야 할 일들이 바람벽으로 윙윙거린다. 천 길의 부끄러움, 만 길의 후회. 벼랑을 등지고 처절하게 싸우다가 떨어져 흔적 없길 바랐건만, 잡념 더미에 눌려 숨통이 막히는 것보다 한심한 최후가 또 있을까. 마주 잡았던 손을 토막토막 자르고 혀를 뽑고 눈을 파내는 이 초옥(草屋)에선 입은 옷도 옷이 아니요, 먹은 밥도 밥이 아니다. 망상이다.

불안을 달래는 나만의 처방은 간단하다. 물비린내 나는 문장을 골라 입에 털어 넣고 술안주로 씹기. 지금 가장 멀리 갔다가 가까이 다가온 녀석은 요놈이다. 인(仁)은 인(人)이다. 그 둘을 합하여 말하면 도(道)다.

도(道)! 그 길을 떡하니 막는 것도 문이요, 확 하니 여는 것도 문이다. 만남의 가(歌)와 이별의 곡(曲)이 문고리를 흔들고 이마를 비벼 대듯 잦다. 쓸데없다. 출렁이는 연(緣)을 미리 에둘러 피하고 건너뛰고 때론 부수며 여기까지 달려오지 않았는가. 지워지지 않는, 심장으로 뛰는, 뜻을 펴기에 합당하지 않은 날이면 되짚는 문들이 있긴 하다. 정말 문(門)은 문(問)으로 통할까! 누구나 외로움 밴 물음을 몇

개쯤은 품고 산다. 그러나 대부분은 모른다, 정녕 외로움에 풍덩 빠질 때란 스스로 답할 수밖에 없는데도 물음을 던지는 순간임을. 답을 해도 달라지는 것이 쥐뿔도 없는, 지금처럼.

동자(童子)가 빈 술병을 채워 들어왔다. 손이라도 풀 겸 희작(戲作) 한 편을 지었다.

"아직도 배우고 싶은 게냐? 글은 익혀 뭣에 쓰려고?"

"큰 사람이 되렵니다."

"어떤 사람이 큰 사람이냐?"

"힘이 센 사람입니다."

"아닐걸."

"돈이 많은 사람입니다."

"아닐걸."

"벼슬이 높은 사람입니다."

"아닐걸."

"그럼 뭡니까?"

"이 봄이 갈 때까지 탁주가 끊어지지 않는다고 약속하련?"

"시작이나 하십시오, 얼른."

"내가 만난 사람 중에 가장 큰 사람 얘길 해 주마. 총명하고 밝은 줄은 알았지만 과묵하고 진중한 탓에 그 사람의 크기를 처음엔 상상하기 어려웠지. 크고 작은 일을 함께 겪고 등용문에도 앞서거니 뒤서거니 올라 세상을 논할 벗이 되었을 때, 그는 내게 마음을 열어 보였단다. 그 마음엔 나라가 들어 있더구나. 만들고 싶은 나라를 마음에 품은 자보다 더 광활한 이가 어디 있겠느냐. 나 역시 그에게 내 마음을 열어 나라를 보여 줬지. 그 두 나라는 쌍둥이처럼 닮았더구나. 같은 단어가 셀 수 없을 만큼 많았고 같은 문장도 열에 예닐곱이 넘었다."

동자가 코웃음을 친 후 술병을 들며 물었다.

"그 벗은 어느 동네에서 귀양을 사십니까요? 약속은 약속이니 오늘은 이야기 값을 채워 오겠습니다."

이튿날부턴 글을 가르쳐 달라 조르지 않으니 편했지만 공술마저 끊겼으니 득보다 실이 자못 심했다.

2장

너와 내가
원하는 세상

● 3월 기해일*

◎ 대장군 이성계가 해주에 머물렀다.

정신이 혼미하여 자다 깨다를 반복하였다. 의원이 긴급 처방을 하였다. 장졸들이 저마다의 방식으로 대장군의 쾌유를 빌었다. 부장(副將) 이지란은 사슴의 목을 베어 그 피를 하늘에 바치고 주문을 외웠다. 여진의 풍습이다. 호위병 울합지는 세 번 공중제비를 돌고 물구나무를 서서 삼백서른세 걸음을 간 뒤 서른세 가지 표정을 지으며 울었다. 몽골의 풍습이다. 호위병 설도는 마른 흙에 말 오줌을 이겨 탑을 쌓은 후 바람을 가슴으로 맞으며 섰다. 흙이 바람에 날려 얼굴과 가슴을 때렸지만 움직이지 않았다. 위구르의

---

* 1392년 3월 18일.

풍습이다. 호위병 다나카는 입으로 새소리를 내며 실개천을 쉼 없이 건넜다. 일본의 풍습이다. 나머지 병사들은 처용의 가면을 나눠 쓰고 춤을 췄다. 신라에서 고려로 이어진 풍습이다. 아무도 밥을 먹지 않았고 아무도 잠을 자지 않았다.

◎ 왕이 왕성에 머물렀다.

왕이 수문하시중 정몽주를 불러 문충공 이제현에 관하여 물었다.

"장단구(長短句)*에 능할 뿐만 아니라, 읽지 않은 서책이 없다 들었소만. 말을 하면 그대로 탁월한 문장이 된다는 소문이 사실이오?"

정몽주가 이제현의 어린 시절 일화를 아뢰었다.

"문충공은 누가 학문이 깊다 하면 반드시 찾아가서 배웠고, 누가 귀한 책을 가지고 있다고 하면 찾아가서 빌려 읽었사옵니다. 한 번 글을 읽기 시작하면 멈추는 법이 없어서, 밤을 지새우는 날이 흔하였사옵니다. 이런 노력이 쌓여 그 시의 빼어남과 그 문의 깊음에 이른 것이옵니다."

---

* 한 편의 시 중에 자수가 많은 구절과 적은 구절을 섞어 짓는 시. 고려와 조선을 통틀어 이제현이 장단구의 일인자로 꼽힌다.

왕은 이제현이 원나라를 여행하고 지은 시들에 관하여 물었다. 정몽주가 원나라 지도를 펼친 뒤 이제현의 여행 경로와 머문 마을들을 붓으로 붉은 점을 하나하나 찍어 가며, 막힘없이 『서정록(西征錄)』에 수록된 시들을 외웠다.

"놀랍소. 대체 정 시중은 얼마나 많은 시를 외우고 있는 게요?"

"부끄럽사옵니다. 문충공의 시는 품고 즐기는 노리개에 머무르지 않고 장차 중원을 방문할 때 귀중한 자료가 되기 때문에 따로 시간을 내어 읽어 두었사옵니다."

"목은 이색 문하에서 함께 배운 이들 중에 정 시중이 으뜸인 까닭을 이제야 알겠소."

정몽주가 더욱 고개를 숙인 채 말했다.

"시를 천 수쯤 외우는 것은 한산부원군의 문하생이라면 누구나 하는 일이옵니다. 서책의 시문이 아니라 자연 경관과 사람의 됨됨이를 구별하여 살피고 그 장단점을 외우는 데는 정도전을 따를 이가 없사옵니다."

"과인은 정도전이 어떤 사람인지 헷갈린다오. 경서에 해박한 것 같으면서 때론 글 한 자 모르는 무식쟁이처럼 굴고, 한산부원군의 문하생들을 일일이 챙기는 것 같으면서 작년 5월엔 스승에게 칼날을 겨누지 않았소? 평생 스승으로 모신 이를 죽이자는 글을 어찌 올릴 수 있단 말이오?"

정몽주가 잠시 생각한 후 답했다.

"강함과 약함, 부드러움과 날카로움, 상식과 몰상식으론 정도전을 평하기 어렵사옵니다. 하교하신 대로, 그는 그 둘을 함께 드러내면서도 모순을 느끼지 않사옵니다. 겉으로 보기엔 상반되는 언행을 아우르는 더 큰 원칙이 있기 때문입니다."

"그것이 무엇이오?"

"의(義)이옵니다. 의에 부합된다고 여기면 정도전은 무엇이든 하옵니다. 의가 아니라 판단하면 무엇도 하지 않사옵니다. 봄날 오후의 따사로운 햇살도 그이옵고 겨울밤의 차갑고 매서운 폭설도 그이옵니다. 넉넉하게 벗의 허물을 감싸 안는 이도 그이옵고 발톱을 세우고 매의 눈으로 오장육부를 찢어 댈 것처럼 달려드는 이도 그이옵니다. 그의 지나침은 의(義)를 철저하게 따르고자 하는 마음에서 비롯되었사옵니다."

"스승과 제자의 도리보다도 의가 더 중요하다? 하면 그는 왕과 신하의 도리보다도 의를 더 중요하게 여기는 게요?"

"왕의 왕다움, 신하의 신하다움을 먼저 살펴야 할 것이옵니다."

"왕의 왕다움?"

"인(仁)을 해치는 자를 적(賊)이라 하옵고, 의(義)를 해치는 자를 잔(殘)이라 하옵니다. 용상에 앉아 있다고 하더라도 잔적(殘賊)에 이른 자를 왕이라 칭하긴 어렵사옵니다. 그러므로 주나라 무왕이 은나라 주(紂)를 죽인 것은 신하가 왕을 시해한 것이 아니라 인간 망종인 잔적을 없앤 것에 지나지 않사옵니다. 신돈의 씨이면서 감히 용상을 차지했던 신우와 신창을 없애는 일 또한 왕을 죽인 것이 아니라 잔적을 지우는 일이기에, 신도 흥국사에서 기꺼이 이성계, 정도전, 조준 등과 함께 찬성하였사옵니다."

"하면 과인이 어찌해야 하겠소?"

"항상 덕(德)을 생각하시옵소서."

"왜 하필 덕이오?"

"세상에는 세 가지 존귀한 것이 있사온데, 하나는 작위요 하나는 나이요 하나는 덕이옵니다. 조정에서는 작위만 한 것이 없고 향당(鄕黨)에서는 나이만 한 것이 없지만, 백성을 다스리는 데는 덕만 한 것이 없사옵니다."

왕이 더 이상 묻지 않았다.

◎ 정몽주가 퇴청하다가 삼사좌사 조준(趙浚)을 우연히 만나 남대가(南大街) 찻집에서 용봉단차(龍鳳團茶)를 마셨다. 조준이 목소리 낮추어 물었다.

"세자 저하께서 귀국하시면 읽을 서책을 직접 챙기고 계신다고 들었습니다."

"저하뿐만 아니라 전하께 추천할 책도 정리가 거의 끝났소."

조준이 앞머리를 뚝 자르고 짧게 물었다.

"만족하십니까?"

"무엇을 말이오?"

"위화도에서 말 머리를 돌린 후 4년이 가까웠습니다. 많은 일들이 벌어졌지요. 용상의 주인도 두 번이나 바뀌었고, 사전 혁파를 비롯한 갖가지 개혁안들이 조정에서 논의되었습니다. 몇몇 이들은 벌을 받고 왕성을 떠났으며 몇몇 이들은 죄를 용서받아 왕성으로 복귀하였지요. 수시중께서 이 4년의 흐름을 어찌 파악하시는지 꼭 한 번 여쭤 보고 싶었습니다. 마침 오늘 이렇듯 그윽하고 귀한 차를 앞에 두고 마주 앉으니 기회를 놓치고 싶지 않군요."

정몽주가 곧장 답했다.

"전혀, 만족하고 있지 않소."

조준의 눈빛이 놀라움으로 차올랐다. 이 정도 유지하는 것도 나쁘진 않다는 평가를 예상했었다.

"불만족스러운 까닭이 무엇인가요?"

정몽주가 차를 한 모금 마신 뒤 답했다.

"지난 100여 년 동안 고려는 원나라 지배 아래서 나라다운 나라가 아니었다오. 공민왕 대에 중흥할 기회가 있었으나 요승 신돈의 전횡으로 그마저 좌절되었소. 지옥까지 추락한 나라를 겨우 4년 만에 일으켜 세울 수 있다고 보시오? 물론 대장군과 삼사좌사 이하 탁월한 인재들이 힘을 합쳐 최선을 다하고 있음을 모르지는 않소. 하지만 적어도 10년은 더 노력해야 겨우 나라 꼴을 갖추리라고 보오. 그 전까진 만족이란 단어를 잊는 게 좋겠소. 왕실에 양서를 추천하고 일국의 흥망성쇠를 살피는 공부를 하루도 빠지지 않도록 만전을 기해야 할 것이오. 조 좌사의 뜻도 나와 다르지 않다고 믿소."

"전제개혁(田制改革)은 작년 5월 과전법 제정으로 일단 매듭을 지었으나 많은 부분 부족한 것이 사실입니다. 개혁안들을 앞으로도 계속 추진할 계획이십니까?"

"물론이오. 얼마든지 제안해 주시오. 낮엔 공무를 보느라 여유가 없다면 오늘처럼 저녁이나 밤 시간에 의논을 하십시다. 다음엔 내 집에서 반주를 곁들인 식사를 하는 게 어떠하겠소? 조 좌사처럼 개혁에 관심과 열의가 높은 이들을 몇 사람 더 데려와도 대환영이오."

"감사합니다. 일간 찾아뵙겠습니다."

조라치〔吹螺赤〕*가 지닌 것은 나각(螺角)이 전부다. 장검도 장창도 강궁도 없지만, 조라치는 가장 먼저 군령을 받고 가장 높은 언덕에 올라 나각을 분다. 장졸들이 내달려 적진을 부수고 적장의 목을 벨 때까지 나각 소리는 사라지지 않는다. 선봉장보다도 먼저, 소리로 적진을 유린하는 자. 둔중하게 치고 아득하게 감고 길게 늘여 장졸의 두려움을 씻는 자. 이것은 단지 개선가의 시작일 뿐임을, 아군은 물론 적군의 가슴에까지 심는 자. 나는 언제나 대장군의 조라치이고 싶다. 편편(翩翩)**하여라, 정도전의 나각 소리!

　　죄목은 따로 있으나, 내가 작년 9월 왕성을 비우고 유배를 떠난 결정적인 계기는 그 여름 5월 도당에 올린 글 때문이다. 그 글에서 나는 신우와 신창***을 옹호했던 두 명의 전임 재상 한산부원군 이색과 단산부원군 우현보를 극형으로 다스려야 한다고 주장했다. 폐가입진(廢假立眞)! 신돈의

---

* 군대에서 나각을 불던 취타수. 최라치라고도 한다.
** 나는 모습이 가볍고 날쌔다.
*** 우왕과 창왕. 신돈의 혈통이라고 하여 왕씨가 아니라 신씨로 낮춰 부른 것이다.

씨를 없애고 왕실을 올바로 되돌린 후에도 난적(亂賊)의 괴수들이 왕성에 머물며 조정에 출입하도록 방치할 순 없다. 두 재상의 교묘한 농간이 여전히 세상을 어지럽히고 있지 않은가. 지난날 그들이 지은 죄가 분명하고 무거울 뿐만 아니라, 금상이 즉위한 뒤에도 무리를 만들어 쑥덕거림을 잊고 있다. 사전(私田)을 혁파하라는 대장군과 나의 제안을 가장 극렬하게 반대한 이가 누구인가. 땅을 일구는 백성이 행복하지 않고는 어떤 정책도 헛되다. 두 재상은 겉으론 이런저런 핑계를 대지만, 사전을 차지한 채 누워서 배나 쓰다듬으며 한세월 편히 지내는 자들의 이익을 대변할 뿐이다. 그들은 이 나라에 충성하는 것이 아니라 그 땅에 충성을 다하려 든다. 부모에게 효도하는 것이 아니라 그 땅에 온갖 정성을 기울여 효도하려는 것이다. 땅에 집착하는 병이 이미 깊었으니 가장 중한 벌로 다스릴 수밖에 없다. 말벌을 쫓고 늑대와 싸울 때도 우두머리부터 손을 보는 법이다.

금상과 도당은 옳고 그름을 가리기보다 그 글의 과격함과 내 마음의 각박함을 부풀려 지적했다. 특히 목은 학당에서 시문을 배우고 익힌 내가 어떻게 한산부원군을 죽이라고까지 청할 수 있느냐는 비난이 곳곳에서 제기되었다. 도당에 올린 글에서 이미 나는, 핵심에서 멀리 떨어진 한심한 비난을 염려하여, 후배인 주자(朱子)가 선배인 소동파를 괴이한 의논을 하고 예악을 멸하였다 하여 강하게 배척한 사실을 적어 놓기도 했다. 나라에 큰 죄를 지었고 짓고 있는 자를, 단지 그 문하에서 배웠고 또 내 시집에 추천의 글을 써 줬다는 이유로 모른 척 넘어가야 한단 말인가. 도당에 글을 올리기 전, 한산부원군을 찾아가서 왕성을 떠나 산림에 은거하시라 건의했지만 묵살당했다. 한 번 더 학당 대문을 두드렸을 땐, 이성계의 활만 믿고 덩실덩실 춤추는 망나니로구나, 구지렁물 세례를 받았다.

재상이란 자리는 모든 책임이 모이는 곳이다. 일찍이 북송의 석수도(石守道)는 재상의 임무를 네 가지로 꼽았다. 위로는 음과 양을 조화하고, 아래로는 백성을 편안히 보살피며, 상과 벌을 주도하고, 정치로 백성을 교화하며 임금의 명령을 만든다.* 이 중에서 특히 상 주고 벌 내리는 일이 중요하다. 전임 재상 이색과 우현보를 먼저 엄벌하지 않고 누구를 벌할 수 있으리오.

귀산(龜山)에 오를 채비를 하고 댓돌 위 신발을 신는데

* 정도전은 1391년 5월 이색과 우현보를 극형에 처하라는 상소를 올린다. 반혁명 세력의 수괴로 그들을 파악한 탓인지 논조가 과격하다. 정도전, 「도당에 올리는 글(上都堂書)」.

동자가 물었다.

"참 특이하십니다."

"뭐가?"

"죄를 짓고 귀양 온 다른 분들은 아랫목에 퍼질러 앉아서 서책만 읽으셨습니다. 울적한 심기를 달랜다 해도 앞마당을 거니는 것이 고작이었고요. 마을 사람들을 멀리하고 북쪽을 향해 한숨짓는 날이 대부분이었어요. 그런데 매일 어딜 그리 쏘다니십니까? 또 뭐가 그렇게 궁금하여 애어른할 것 없이 사람들을 붙들고 질문을 퍼부으십니까?"

"난 원래 이렇게 살아왔어."

"오늘은 바깥출입 마십시오. 아무래도 한바탕 퍼부으려나 봅니다. 도롱이를 써도 흠뻑 젖을 겁니다. 감환에 걸리면 고생하십니다."

귀산이 있는 서남쪽 하늘을 우러렀다. 구름 한 점 없다.

"괜한 수작 말거라. 네가 어찌 비가 내릴 걸 아누?"

동자가 귀찮다는 듯 앞마당을 턱짓으로 가리켰다. 돌담을 넘어온 제비 한 쌍이 배가 땅에 닿을 듯 낮게 날았다. 무시하고 마당을 가로질렀다.

산허리까지는 앞서 걷고 뒤에서 따라오는 유산객들이 서넛 보였는데 봉우리에 닿으니 그들마저 사라졌다. 서북풍이 거셌고 순식간에 먹구름이 몰려들어 산을 감쌌다. 바지며 저고리가 축축하게 젖었다. 한 가닥 퉁소 소리가 산 등성이를 오르내리듯 흘러들었다. 소리의 주인에게 하산 길이라도 물을까 싶어 바삐 걸었다. 울퉁불퉁하던 돌길이 곧 평평한 흙길로 바뀌더니 아름드리나무들이 호위하듯 좌우로 벌려 섰다. 그늘이 걸음걸음 깊었다. 서늘한 기운이 발목을 타고 등줄기를 올라와선 뒷목을 쓸었다. 퉁소 소리 마저 멎었다. 뒤돌아보고 또 뒤돌아보았지만 따르는 사람 이나 노려보는 짐승은 없었다. 잠시 멈춰 섰다. 그 흔한 새 소리도 들리지 않았다. 나비와 벌도 없었다. 들리는 건 내 가 만드는 잡소리들뿐이다. 숲에 덩그러니 나 혼자만 버려 진 기분이었다.

번개가 치고 뒤이어 천둥이 울렸다. 은하수가 터진 듯 장대비가 쏟아지기 시작했지만 신기하게도 빗방울이 내겐 닿지 않았다. 고개를 드니 나뭇가지들이 허공에서 엉켜 지 붕처럼 빽빽했다. 기기묘묘한 꽃향기가 어깨를 감쌌다. 퉁 소 소리가 다시 시작되더니 점점 커졌다. 걸음이 바빠졌 다. 눈앞으로 표범 두 마리가 엇갈리며 지나갔다. 멈춰 섰 다. 반달곰 한 마리가 돌진하여 내 등을 쿵 들이받았다. 그 리고 세 짐승이 나를 에워쌌다. 어깨를 짓누르며 멧돼지가 사람의 말로 물었다.

"넌 누구냐?"

눈을 가린 채 500보를 더 걸었다. 꽃향기는 여전했지만 퉁소 소리는 더 이상 들려오지 않았다. 그들은 등을 툭툭 밀며 표범의 울음과 곰의 울음을 내질렀다. 메아리가 거듭 되돌아왔다.

왁자지껄 떠드는 소리가 먼저 귀에 박혔다. 철퇴가 바닥을 때리자 주위가 조용해졌다. 곰은 나를 무릎 꿇린 뒤 눈을 가린 천을 벗겼다. 여덟 개의 기둥을 세우고 그 위에 지붕만 얹은, 사방으로 벽 없이 뻥 뚫린 집에 온갖 짐승 가죽을 걸친 이들이 모여 있었다. 100명은 족히 넘었다. 도적 떼의 소굴임을 직감했다. 저들의 면면을 보았으니 여기서 죽거나 목숨을 부지하려면 도적 떼의 일원이 되는 수밖에 없었다. 이렇게 내 인생이 꼬이는가.

"어디서 왔느냐?"

철퇴를 지팡이 삼아 오른손에 잡은, 늙은 호랑이가 물었다.

"영주."

"거짓말 마라. 영주 사람은 그 누구도 비가 퍼붓는 날엔 귀산에 오르지 않는다. 왜냐? 비를 즐기는 짐승들이 곳곳에서 출몰하기 때문이지. 바로 우리들이다. 어디서 왔느냐?"

"왕성에서 왔소."

호랑이가 저승꽃이 핀 볼을 긁어 대며 찌부러진 눈을 비비곤 허리를 당겨 앉았다.

"그래? 죄를 짓고 귀양을 살러 온 녀석이로구나. 마침 잘 왔다. 우리가 곧 왕성으로 쳐들어가서 어리석은 왕과 욕심꾸러기 대신들을 죽이고, 나라 곳간을 열어 백성에게 골고루 나눠 주려고 한다. 너를 길라잡이로 쓰면 되겠구나."

"난 길라잡이는 못하겠소."

"맹랑한 놈일세. 목이 달아나고도 그딴 소릴 지껄이나 보자."

"길라잡이를 못하겠다는 건 여러분이 왕성으로 가지 않더라도 곧 여러분이 원하는 세상이 올 것이기 때문이오."

"우리가 원하는 세상? 그게 뭔데?"

설명을 시작하려는 내 입을 호랑이가 막았다.

"난 너희들, 소위 등용문에 올랐다고 으스대는 벼슬아치를 좀 알지. 공자왈 맹자왈 하며 세 치 혀로 우릴 농락하려 든다면 이 세상에서 가장 끔찍한 고통을 선사하마. 대신 네가 그리는 세상이 우리가 원하는 세상과 일치하면, 그래서 우리 모두의 마음에 흡족하면 널 풀어 주겠다. 우선 이 것부터 궁금하군. 우리가 원하는 세상이 곧 온다는 걸 네가 어떻게 알지?"

"내가 그 세상을 만들 것이기 때문이오."

"네가 뭔데? 영주 시골에 귀양 온 죄인 아닌가?"

"내 비록 잠시 이곳에 머무르고 있으나, 혁명의 뜻을 함께한 옥처럼 아름다운 벗들이 이 나라의 대장군이자 또한 이 나라의 수문하시중이오."

호랑이가 알은체를 했다.

"네가 대장군 이성계와 수문하시중 정몽주의 벗이라고?"

그들이 동시에 웃음을 터뜨렸다. 내 이름을 밝히려는데 호랑이가 다시 말문을 막았다.

"그렇다 치고, 우리들이 원하는 세상부터 펼쳐 놓아 봐."

늑대가 끼어들었다.

"나는 늘 배가 고프다. 흉년이 들어도 풍년이 들어도 주린 배를 채울 길이 없어."

다른 늑대들이 함께 고개를 쳐들고 긴 울음을 토했다.

"백성이 땅을 골고루 가지도록 바꾸겠습니다. 농사짓는 자가 그 땅에서 나는 곡식의 주인이 되는 겁니다. 이미 한 차례 공사전적(公私田籍)을 압수하여 불 지른 적이 있습니다. 땅을 새롭게 구획하여 농사꾼들에게 나눠 줄 겁니다. 권세만 믿고 땅을 강제로 빼앗는 이들을 일벌백계로 다스리겠습니다. 세금은 열 중 하나를 넘지 않을 것이니, 열심히 농사를 짓고도 굶주리는 이는 없을 겁니다. 또한 왕실에서 사사롭게 땅을 취하거나 물건을 사고파는 일을 금할 것입니다. 나라의 법과 제도를 왕실의 토지 경작과 장사에 유리하도록 뜯어고쳤으니, 왕실은 부유해졌으나 백성의 원성은 하늘에 닿았지요. 다시는 이런 일이 없도록 왕실 재정을 법으로 정하여 조정에서 관리하겠습니다."

독수리가 끼어들었다.

"왕은 하나지만 절은 수천 개고 중은 수만 명이 넘지. 이 놈들의 타락은 어찌 막으려고?"

"절이 가진 땅도 당연히 전부 압수하여 농사꾼에게 돌려줄 겁니다. 고승입네 하고 사사롭게 왕궁에 출입하고 어심을 어지럽혀 정치에 개입하는 관행을 막을 겁니다. 왕성에 가득 들어찬 절들을 왕성 밖으로 내칠 것이며, 불법이 드러난 절은 모조리 폐쇄하겠습니다. 허무를 조장하는 불법을 멀리하기 위해 마을에 자리 잡은 절들도 산으로 옮겨 가게 하겠습니다. 속세를 버리고 중이 되는 과정을 엄격히 통제하고, 부녀자를 희롱하는 중들을 계절마다 잡아들여 엄벌하겠습니다."

잉어가 물었다.

"내치(內治)에 힘써도 북쪽 산천과 남쪽 바다에서 도적떼와 왜구가 극성을 부리면 어찌 그것이 우리가 바라는 세상이겠소?"

"강병(強兵)은 내가 특히 관심을 쏟는 분야입니다. 이미 수십 권의 병서를 읽었고 또한 크고 작은 수백 건의 전쟁을 살펴 장단점 파악을 마쳤습니다. 혹시 내가 문신이기에 의심한다면, 대장군 이성계와 이 계획을 의논하여 전폭적인 지지를 받았음을 밝힙니다. 강병을 추구한다고 사시사철 백성을 군영에 묶어 두진 않습니다. 평화로울 때는 농사를 비롯한 생업에 충실하고, 전쟁이 터지거나 오랑캐가 침탈해 왔을 때는 재빨리 군인으로 복무합니다. 농사일이 뜸한 계절엔 따로 강도 높은 훈련을 받게 될 겁니다. 둔전(屯田)을 일궈 군량미를 확보하고 이름난 장인들을 국가에서 고용하여 강궁과 강검을 쉼 없이 만들 겁니다. 또한 장수의 처우를 개선하여 문신에 비해 뒤떨어짐이 없도록 조처하겠습니다."

토끼가 물었다.

"불교를 산으로 쫓아내고 나면, 우리는 어떤 기준에 따라 가정과 마을과 나라에서 예(禮)를 갖춘단 말이오? 500년 동안 면면이 이어 온, 죽은 자를 위하는 예식 또한 승려 없이는 불가능하오."

"유학, 그중에서도 성리학의 가르침에 따라 새로운 질서를 세울 겁니다. 옳고 그름, 높고 낮음, 선과 후의 방법을 세세하게 마련하겠습니다. 불교가 속세의 질서를 한순간에 무(無)로 돌렸다면, 성리학은 왕으로부터 미천한 종에 이르기까지 각자의 역할이 어디서 비롯되고 어떤 의미를 갖는가를 명쾌하게 밝힐 수 있습니다. 예를 들어 그동안 뒤죽박죽 섞여 있던 학교도, 먼저 향교를 다니고 그다음엔 부학(部學)으로 나아 오고 공부가 더 깊어지면 성균관에 이르도록 할 겁니다. 배우는 과목이나 그 깊이도 각각 차이를 두겠습니다."

호랑이가 오른손에 쥐었던 철퇴를 왼손으로 옮긴 뒤 물었다.

"왕이 되어 그 일을 하시겠다?"

"아닙니다. 이 모든 일을 관장하는 것은 왕이 아니라 조정의 으뜸 신하인 재상입니다. 고려의 역사를 되짚어 보자면, 소수의 영특한 왕이 용상을 차지했을 땐 그래도 나라가 큰 우환 없이 흘러갔습니다. 그러나 다수의 어리석고 탐욕스러운 왕이 보위에 올랐을 땐 나라가 하루아침에 엉망이 되고 백성은 질병과 굶주림과 전쟁으로 인해 다치거나 목숨을 잃었지요. 이런 잘못을 범하지 않으려면, 누가 왕이 되든지 함부로 권력을 휘두르지 못하도록 정돈된 법과 제도가 있어야 하며, 그 법에 근거하여 강력하게 신하들을 뽑고 군사들을 거느릴 권한이 재상에게 주어져야 합니다. 비유를 하나 들어도 되겠습니까?"

"좋을 대로."

"여기 큰 집이 하나 있다고 합시다. 당우(堂宇) 그러니까 지붕은 왕이고 동량(棟樑) 그러니까 용마루와 들보는 정승이며 기초는 백성에 빗댈 수 있습니다. 기초는 마땅히 단단하고 두터워야 하고 동량은 마땅히 편안하고 우뚝 솟아야 하니, 그다음에야 당우가 튼튼할 겁니다. 동량은 위로는 지붕을 받들고 아래로는 기초에 의지하여 서니, 재상이 왕을 받들고 백성을 어루만지는 것과 흡사합니다. 일찍이 상나라의 명재상 이윤도 이런 말을 남겼습니다. '신하는 위로는 덕을 펴고 아래로는 백성을 가르친다.'"

"그러니까 왕이 아니라 재상을 하시겠다?"

"부족한 점이 많지만 하늘이 기회를 주신다면 외면하지 않겠습니다."

호랑이가 확인하듯 다시 물었다.

"우리가 원하는 세상을 만들려면 두 가지가 중요하단 건가? 왕이라도 자기 맘대로 어명을 내리지 못하도록 경계할 제도 그리고 이 나라를 실질적으로 다스리는 자리에 유능한 재상을 세우는 일."

나는 미소를 지었다. 정확히 핵심을 짚은 것이다.

"그렇습니다."

호랑이가 철퇴로 갑자기 바닥을 내리쳤다. 나는 움찔 떨며 굳은 얼굴로 시선을 내렸다.

"우리가 원하는 세상은 영영 오지 않겠구나."

"무슨 말입니까?"

"어느 왕이 용상에 앉아서도 제 뜻대로 명을 내리지 못하는 것을 받아들이겠는가. 왕 노릇을 할 기분이 안 날 게 뻔하지 않느냐. 또한 네 말대로 모든 권력을 재상에게 집중시킨다 해도, 그 재상이 멍청하거나 혹은 제 욕심만 차린다면 나라가 어지러운 건 마찬가지 아니겠느냐."

쏟아지는 질문 중 어느 것을 먼저 답해야 할지 몰라 잠시 주춤거렸다. 호랑이의 지적이 이어졌다.

"네놈 목숨부터 위태롭겠다. 내가 왕이라면, 모든 권력을 신하인 재상에게 넘길 궁리를 하는 너부터 능지처참하겠어. 오늘 우리한테 들려준 이야기를 절대로 다른 이에게 발설하지 말거라. 특히 왕이나 왕이 되고자 꿈꾸는 자에겐."

조심스럽게 물었다.

"풀어 주는 겁니까? 여러분이 원하는 세상이 영영 멀어질 거라고 개탄하지 않았습니까?"

"허황된 이야기로나마 새로운 세상을 들으니 속이 후련하였다. 다만 너를 돌려보내는 것이 네 목숨을 단축하지나 않을까 걱정이구나. 하산하여 뜻을 펼치되 목숨이 위태로우면 언제든 장대비 내리는 날 귀산으로 오거라. 돌아가거라!"

눈을 가린 채 흙길을 다시 걸었다. 꽃향기가 점점 엷어지더니 돌부리에 채어 쓰러졌다. 눈을 가린 천을 내리니 귀산 봉우리였고 해가 지기 시작했다. 서둘러 산을 내려왔다. 호랑이의 큰 울음이 뒤통수를 후려치는 듯했다.

혹자는 이 이야기를 꿈으로 돌려 몽유(夢遊)로 취급할지도 모른다. 물론 꿈 같은 현실도 있고 현실 같은 꿈도 있다. 그러나 나는 평생 꿈은 꿈이라고 적었고 현실은 현실이라고 주장하며 여기까지 왔다. 서툰 비유는 독이라고 가르치기도 했다. 지금 와서 새삼스럽게 몽유를 현실이라고 우길 까닭이 없다. 나주에서 함주까지 세상을 원망하며 무리를 이뤄 산에 숨은, 내가 만난 도적들의 면면만 소개해도 책 한 권이 모자랄 지경이다. 안타깝게도 그들은 아직 마을로 내려오지 않고 산속 깊숙이 숨어 이글이글 두 개의 불덩이를, 호랑이처럼, 내뿜고 있다. 골짜기마다 멧돼지나 사슴이 사라진다면 그것은 호랑이의 짓일 뿐만 아니라 내가 만난 도적들이 아직도 살아 있다는 증거다. 머무는 이도 백성이지만 달아난 이도 백성이다. 국가는 그들을 꾸짖고 벌하여 쫓을 일이 아니라, 먼저 그들에게 머리 숙여 사과해야 한다. 그들이 정든 집을 버리고 산으로 향했던 이유를 꼼꼼히 듣고 눈물에 아로새겨야 한다.

누구에게는 날갯짓 한 번에 깨는 악몽이 누구에게는 헤어나기 어려운 현실이다. 이 현실을 바꾸지 못하는 혁명은 혁명이 아니다. 출세욕이며 찬탈이다.

3장

낙
마

● 3월 경자일*

◎ 대장군 이성계가 해주에 머물렀다.

낙마한 무술일엔 정신이 혼미하였다. 다섯째 아들 이방
원만 겨우 알아보았다.

"시묘살이는 어찌하고?"

작년에 대장군의 첫째 부인 한씨가 죽었다. 이방원은 어
머니의 무덤을 지키며 겨울을 났다.

"아무래도 마음이 편치 않아 뒤따라오던 중에 급보를
접했습니다. 이것이 모두 정몽주의 음모입니다. 응징해야
합니다."

대장군이 잘라 말했다.

---

* 1392년 3월 19일.

"동궁을 잡은 것도 응상백에 오른 것도 나의 의지다. 모욕하지 마라."

"포은의 주위로 탐욕스러운 이들이 모여들고 있습니다."

"허튼짓 말거라. 네가 조영규를 거느리고 왕성 십자가를 어슬렁거리며 행인들을 포박하고 문초해 온 걸 모르는 줄 아느냐?"

"혁명에 반(反)하는 이들을 미리 찾아 잡아들이려는 겁니다. 몇몇 잡인의 입에서 포은 두 글자가 나왔습니다. 경계해야 합니다."

"치도곤을 당한 놈들이 무슨 소릴 못해."

"아버지가 주인인 나라를 어지럽히려 듭니다. 그냥 둘 수 없습니다."

"어허! 말조심하렷다! 고려의 주인이 어찌 나란 말이더냐? 나는 어명을 받드는 무신일 뿐이다."

이방원이 거듭 주장하자, 정몽주의 일은 정도전과의 합의가 필요하다며 미뤘다.

부상 사실을 보고하는 문제로 찬반양론이 갈렸다. 대장군은 세자를 호위하여 왕성으로 가겠다며, 사소한 부상으로 탑전을 어지럽히지 않겠다고 고집했다. 대장군의 고집은 이에 그치지 않았다. 이방원이 데려온 의원들에게 상처를 내보이지 않았고 약을 바르지도 먹지도 않았다. 함주에서 호랑이 사냥에 나섰다가 벼랑을 구른 겨울에도 침 한 방 맞지 않고 완쾌했음을 강조했다. 이방원이 좁은 방에 함께 기거하며 수발을 들었다.

대장군은 상처가 깊고 고통이 심해 물도 삼키기 어려웠고 겨우 잠들었으며 잠이 들자마자 곧 깼다. 이방원은 눈물로 치료를 권하였으나 대장군은 서책을 소리 내어 읽으라고만 명했다. 『논어』에서 『춘추』, 『춘추』에서 『서경』으로 건너뛰는 동안 낮이 밤으로 밤이 또 새벽으로 바뀌었다. 이윽고 『대학연의』에 닿은 뒤 가장 오래 머물렀다.

신음이 잦아들었다는 전언은 헛소문이다. 책 읽는 소리에 묻혔을 뿐이다.

◎ 왕이 왕성에 머물렀다.

오도리와 오랑캐 등 여러 추장들에게 만호, 천호, 백호 등의 직책을 내렸다. 곡식과 의복과 말도 함께 하사했다. 작년 7월 대장군의 건의에 따라, 왕명을 받든 장수들이 두루 여진 부락을 돌며 귀순을 설득한 결과였다. 추장들이 기뻐하며 눈물을 닦았다. 몇몇 추장은 일찍 왕성에 와서 도총제사인 대장군 이성계를 만나 술잔을 기울였지만 뒤늦게 왕성에 도착한 추장들은 대장군을 만나고 싶은 마음이 간절했다. 대장군이 왕성을 비우고 세자를 영접하러 떠났다는 소식을 접하니 실망하는 빛이 얼굴에 가득했다. 오도리가 대표로 왕에게 간청했다.

"오늘 은혜를 입은 추장뿐만 아니라 속빈, 실적멱, 몽골, 개양, 실련, 팔린, 안돈 등지의 추장들 역시 대장군을 흠모하는 마음이 매우 큽니다. 대장군이 이들 지역을 순시만 하여도 많은 추장들이 스스로 나아와 고려로 귀순할 것입니다."

왕이 알았다고만 짧게 답했다.

추장들이 나간 뒤 왕이 정몽주에게 말했다.

"어젯밤, 대장군의 화상(畵像)에 대한 정 시중의 찬(讚)을 읽었소."

"송구하옵니다. 글솜씨가 많이 부족하옵니다. 정도전이나 이숭인 혹은 권근에게 맡길 글인데, 여의치 않아 신이 짓게 되었사옵니다."

"겸양이 지나치오. 깊은 잠에서 깨어난 뒤에도 그 시구들이 떠오른다오. 특히 대장군의 풍채를 중원 서악(西嶽)인 화산(華山)을 나는 송골매에 비기고 그 지략을 남양(南陽)에 숨어 살던 봉룡(鳳龍) 제갈공명에 견주는 부분은 간명하면서도 탁월했소이다. 지은이의 목소리로 직접 들어 보고 싶소."

정몽주가 거절하지 못하고 시를 외웠다.

"풍채의 호준함은 화봉의 송골매이고/ 지략의 심웅함은 남양의 용이라네./ 혹은 묘당에서 나랏일 판단하고/ 혹은 유악(帷幄)*에서 승리를 결정짓네./ 창해에선 큰물 막고/ 함지에선 해돋이 돕네./ 간책(簡策)**에서 옛사람 찾더라도/ 아마도 공 같은 이 드물 것이네."

"대장군이 승전하는 것을 가까이에서 여러 번 보았다고 들었소."

"동북면에서 여진을 물리칠 때도 또 경상과 전라에서 왜구를 섬멸할 때도 군영에 함께 머물렀사옵니다."

"다른 장수에 비해 탁월한 점이 무엇이오?"

"널리 알려진 것처럼, 활을 쏘고 말을 모는 재주가 놀랍사옵니다."

"대장군 최영의 무예도 뛰어나다고 들었소. 둘이 겨룬다면 어떠할 것 같소?"

"승패를 예측하기 어렵사옵니다."

"두 장수가 같은 수의 군졸을 거느리고 상대한다면?"

"단기전이라면 막상막하일 것이옵니다. 하오나 장기전

---

* 작전 계획을 짜는 곳.
** 대쪽으로 엮어 맨 책.

이라면 대장군 이성계가 아주 조금 더 유리하리라 사료되옵니다."

"그 이유가 무엇이오?"

"장졸을 다루는 방법이 다르옵니다. 대장군 최영은 군율을 엄히 하고 신상필벌로 군의 기강을 세워 적과 맞서는 맹장이옵니다. 대장군 이성계는 군졸의 형편을 세심하게 살펴 그 마음을 얻는 덕장이옵니다."

"어떻게 군졸의 마음을 얻는다는 것이오?"

"다섯 가지 방법이 있사옵니다. 먼저 군졸의 배고픔과 추위를 살피옵니다. 둘째, 군졸의 노고를 덜어 주기 위해 책무를 나누고 함께 그 일을 하기도 하옵니다. 셋째, 군졸의 질병을 치료하옵니다. 넷째, 늙거나 어리거나 외롭거나 병든 군졸을 선별하여 귀향시키옵니다. 다섯째, 전사한 군졸을 위해 슬퍼하며 정성을 다해 매장하고 제사를 지내옵니다. 평소에 훈련이 잘 된 정예병인 데다가 대장군에게 이렇듯 보살핌을 받으니, 춥고 험한 전쟁터에서 몇 날 며칠을 보내도 지치지 않고 목숨을 바쳐 적과 맞서옵니다."

"대장군이 젊어서부터 그 다섯 가지 방법을 행한 것이오? 누가 그걸 가르쳤소?"

"신도 그 점이 궁금하여, 전하께서 즉위하시던 해, 정도전과 함께 대장군에게 따져 물은 적이 있사옵니다. 따로 가르쳐 준 스승은 없고 저절로 터득하였다고 하옵니다."

"저절로 터득하였다?"

"부하가 아니라 가족으로 군졸을 아끼는 마음에서 비롯되었다고 하였사옵니다. 덕은 근본이요 재주는 끝이니 대장군의 승전보는 계속 이어질 것이옵니다."

왕이 말머리를 돌려 물었다.

"어제, 잔적(殘賊)에 관한 설명은 많은 것을 생각하게 만들었다오. 과인이 왕답게 살 수 있도록 정 시중이 앞으로도 오랫동안 도와주길 바라오. 적어도 잔적으로 몰려 신하들에게 맞아 죽긴 싫구려."

정몽주가 꿇어 엎드려 이마를 바닥에 대고 말했다.

"전하! 망극한 말씀 거두어 주시옵소서."

"고려의 지난날을 되짚어 보았다오. 이 자리에 앉았던 왕들 중에서 그 최후가 아름다운 이는 적고 추한 이는 많았소. 무신이 권력을 잡았을 땐 왕들이 장검에 찔려 죽어 나갔고, 원나라가 이 나라를 지배했을 땐 또 원의 장창에 왕들이 죽거나 바뀌거나 끌려가서 귀양을 살았다오. 신우와 신창은 잔적이었다고 하더라도, 용상을 불우하게 잃고 목숨까지 빼앗긴 왕들이 모두 잔적이었을까. 잔적이었기 때문에 죽이기도 하지만, 죽인 후에 잔적이란 핑계를 갖다 붙일 수도 있지 않겠소? 이왕 잔적으로 내몰려 죽을 처지라면, 왕답게 왕 노릇 제대로 한번 해 보겠단 생각이 어제 정 시중의 설명을 들으면서 더욱 굳어졌다오.”

“지금까지도 성군(聖君)의 인정(仁政)을 펴고 계시옵니다.”

왕이 가볍게 웃었다.

“「고려중흥송(高麗中興頌)」이라도 지어서 과인에게 바치려는 게요? 이제 시작이라오. 과인은 왕의 왕다움을 고민할 테니, 많은 신하들이 신하의 신하다움을 고민하도록 정 시중이 애를 써 주시오.”

왕이 가벼운 미열이 있다며 일찍 잠자리에 들었다.

◎ 정몽주가 지밀직사사 이숭인(李崇仁)과 함께 스승인 한산부원군 이색을 만났다. 술과 시로 흥취가 올랐으니, 술은 하루도 없어선 아니 되고 시는 하루도 그쳐선 아니 되는 스승과 제자다웠다.

이색은 지난 2월에 정몽주가 지어 올린 『신정률(新定律)』의 엄밀함을 크게 칭찬했다. 정몽주가 부족한 글이라며 스스로를 낮춘 뒤 이숭인에게 말했다.

“세자 저하의 입조를 계기로 앞으로 명나라와 많은 문서가 오갈 예정이네. 자네가 이를 도맡아 줬으면 해.”

"부족함이 많습니다. 정 시중께 누를 끼칠까 걱정입니다."

"명나라 황제께서도 자네 문장을 보고 '표문의 글이 참으로 간절하구나.'라고 칭찬하시지 않았는가? 걱정 말고 전아한 문장을 맘껏 뽐내 보시게나. 그리고 사사로운 자리에선 형님이라 부르게. 우리 모두 목은 스승님께 배운 동학(同學) 아닌가. 그 무릎 아래에서 배우고 익히며 시와 술로 보낸 꿈같은 세월이 30년도 더 되었으이."

이숭인은 정몽주보다 열 살이나 어린 탓에 호형호제가 쉽지 않았다.

"정말 그래도 되겠습니까?"

위화도회군 이후 이숭인은 이인임의 친족으로 몰려 여러 번 고초를 겪었다. 이숭인의 증조부 이백년이 이인임의 증조부 이조년의 큰형이었던 것이다. 어린 시절부터 시문을 즐기고 나서지 않는 성격이었는데, 문초와 귀양을 당하면서 더더욱 말을 아끼게 되었다. 정몽주가 위로했다.

"혹자는 자넬 풍류에 자질이 있다 하여 복숭아에 비기지만, 자네야말로 폭설을 묵묵히 견디는 소나무나 잣나무를 닮았으이. 이인임과 자네의 증조부가 형제 사이인 건 자네가 어찌할 일이 아닐세. 나는 을묘년(1375년, 우왕 1년) 자네가 보여 준 용기를 결코 잊지 않았다네. 전리총랑(典理

摠郞)이던 자네는 정도전, 김구용 등과 함께 북원의 사신을 물리치라고 간언했다가 삭탈관직을 당하고 유배를 떠나지 않았는가. 그때 원나라와 관계 개선을 도모했던 재상이 누구인가. 바로 이인임일세. 박상충과 전녹생은 목숨까지 잃었어. 이인임의 친원 정책을 강력히 반대하고 공격한 자넬 이인임의 친족으로 몰아 비난하는 것은 옳지 않아. 사소한 오해들로 고초를 겪었지만 이젠 걱정 말게. 여기 스승님과 내가 자네 지켜 주겠네. 자네 없이 어찌 명나라와 표문을 주고받을 수 있단 말인가."

"형님도 그때 언양으로 유배를 떠나셨지요. 감사합니다. 형님이 아니었으면 왕성으로 다시 돌아오지 못하였을 겁니다. 언제든 글이 필요하면 말씀만 하십시오."

이색도 이숭인을 격려했다.

"대장군에게도 따로 이야기를 해 두었다네. 대장군 역시 자네의 글솜씨에 여러 번 탄복하였다더군. 다음엔 함께 맛난 술이라도 기울이자고 했으이. 고생은 다 끝났어. 이인임의 잔당이니 뭐니 하면서 자넬 도마 위 고기처럼 여겨 공격하는 이는 없을 거야."

이숭인이 눈물을 흘리며 고마워했다. 술에 취한 이색이 거리까지 들릴 만큼 큰 소리로 웃었다. 동학으로 이숭인과 친한 간관(諫官) 김진양(金震陽)이 뒤늦게 합류했다. 이색이 장난삼아 김진양의 두건을 벗기며 물었다.

"동두자(童頭子)! 머리 사정은 좀 나아졌는가?"

김진양이 대머리를 손바닥으로 쓸며 웃었다.

"간관과 머리카락은 상극인 듯합니다. 고민할 문제가 그득하니까요. 그래도 큰 걱정은 하지 않습니다. '대머리는 걸식하지 않는다.'라는 속담도 있지 않습니까?"

그리고 정몽주를 향해 물었다.

"들으셨습니까? 하옥에 귀양을 거듭하다가 겨우 벌을 면하고 충주 양촌(陽村)에 틀어박힌 권근이 밤잠을 설쳐 가며 재작년에 『입학도설(入學圖說)』을 지은 것도 모자라서, 작년부턴 『주역』, 『시경』, 『상서』, 『춘추』를 연구하여 『천견록(淺見錄)』을 쓰느라, 온몸이 더욱 새까맣게 변했답니다. 작은 까마귀[小烏子]가 큰 까마귀[大烏子]로 탈바꿈한 셈이지요. 저대로 뒀다간 책만 쓰다가 큰 병이라도 걸릴까 걱정입니다. 왕성으로 불러올릴 계획은 없으신가요?"

기사년(1389년, 창왕 원년), 권근은 이색을 도와 신창의 명나라 입조를 도모하였다. 직접 사신으로 명나라에 가서 그 뜻을 전했으나 명나라 황제는 겨우 열 살인 신창이 먼 길을 올 필요가 없다며 거절했다. 권근은 귀국 후 이인임의 잔당으로 탄핵을 받은 이숭인을 옹호하다가 우봉으로 유배되었다. 이즈음 이색도 물러났고 이숭인 역시 유배를 면

할 수 없었다.

"곧 좋은 소식이 있을 걸세. 큰 까마귀라니, 나도 보고 싶군 그래."

이숭인이 이야기를 보탰다.

"재작년 윤사월 흥해에서 김해로 옮겨 가는 소오자를 보주에서 우연히 만난 적이 있습니다. 한때는 조정에서 공무를 보느라 분주했는데, 나라의 죄인이 되어 흙먼지 둘러쓰고 이리저리 귀양지를 옮겨 다니느라 바쁜 신세에 헛웃음만 나오더군요. 보주와 산양의 경계에 우뚝 솟은 사불산(四佛山) 아래까지 함께 갔지요. 큰 바위의 사면에 불상을 새겼기에 이름 하여 사불산입니다. 소오자가 저를 위로한답시고 이렇게 말하더군요. '형님은 그래도 아직 얼굴에 흰빛이 언뜻언뜻 남아 있습니다. 저는 보시다시피 촌부들보다도 손과 얼굴이 더 새까맣게 변했답니다. 절망하지 말고 건강 잘 챙기십시오. 훗날 이웃집 늙은이로 함께 지내야 하지 않겠습니까?'"

이색이 긴 한숨을 내쉬었다.

"까마귀가 아니라 검은 학이로세."

늦봄 혁명은 완성되지 않았는데 망량(魍魎)이 는개를 흩으며 왔다. 육중한 몸을 내려 앞마당에 무릎을 꿇더니 젖은 흙에 이마를 찧곤 중벌을 청했다. 겨울잠에 들었던 불곰 한 마리가 끌려 나온 듯했다.

　낙마(落馬)!

　두 글자가 귀를 뚫어 울렸다. 물 한 잔 권하지 않고 고삐를 당기듯 확인했다. 대장군은 귀국하는 세자를 황주로 가서 영접하였다. 그리고 이틀 전 해주에서 사슴 사냥을 벌였다가 낭패를 당한 것이다. 내가 희작을 짓던 즈음이다. 1만 명의 적군과 맞서도 동요하지 않는 사내, 대장군에게 사냥이란 아낙의 길쌈이나 농군의 김매기처럼 소소한 일상이다. 왕성 생활의 힘겨움을 토로하는 술자리에서, 말을 타고 질주하며 활로 짐승을 잡지 못하는 것을 첫손에 꼽을 정도였으니까. 구정(毬庭)에서 공을 다투는 격구는 사냥의 즐거움에 절반도 미치지 못한다. 사슴의 목에 화살 두 발을 꽂는 순간, 멧돼지가 대장군의 왼편에서 돌진해 왔다고 한다.

　대장군의 낙마는 우리 모두의 낙마다.

　일찍이 대장군은 주장했다. 말은 곧 나다. 말과 한 몸이 되지 않고는 격구의 다양한 기술을 구사하기 어렵다. 하늘을 쳐다보며 마상에서 누운 뒤 말의 꼬리 아래에서 공을 치니 이것을 방미(防尾)라고 한다. 오른쪽 등자를 벗고 몸을 뒤집어 말의 왼쪽으로 흐르는 공을 치니 이것을 횡방(橫防)이라고 한다. 기병의 움직임은 현란하지만 말은 조금도 요동치지 않고 달렸다.

마상 무예에 자신감이 넘쳤던 대장군은 낙마를 곧 죽음으로 받아들이기도 했다. 무진년(1388년, 우왕 14년), 요동 정벌에 나설 장수로 추천되어 마음을 앓을 때 한 통 술에 기대어 속내를 내비쳤다.

"전쟁은 끝나지 않소. 종전(終戰)의 영광을 누릴 장수로 지목받는 건 장수로서 행복한 일이지만, 평화는 짧다오. 평화가 깨져 전쟁이 시작되는 것이 아니라 전쟁과 전쟁 중에 잠깐, 아군과 적군의 힘이 엇비슷하여 선뜻 무기를 들지 못하는 지극히 짧은 순간에 평화가 깃드는 것이오. 승전을 거듭해도 적군은 새로 나타나기 마련이라오. 거듭되는 전투에 지치지 않는 장수는 없소. 전쟁이 끝나리란 기대를 처음부터 하지 않는 편이 낫소. 때 이른 포기가 집중력을 키운다오. 전쟁은 늘 다시 시작되는 것이므로, 큰 욕심 부리지 않고 발부리에 차인 돌멩이를 걷어 내듯이, 내 눈앞의 이 전투에만 집중하는 게요. 그렇게 싸워 나가다가 언젠간 나도 죽음을 맞이할 것이오. 기왕이면 나는 이렇게 죽고 싶소. 말을 타고 적진을 휘젓다가 문득 낙마하여 순식간에 숨이 끊어지는 것. 흙먼지 날리는 말발굽 아래보다 장수가 죽기에 적당한 곳은 없소. 후회나 반성 따윈 전쟁터와는 어울리지 않소. 참으로 불운한 최후는 내가 서생처럼 서책으로 둘러싸인 등잔불 아래에서 죽거나 서생이 나처럼 죽는 일일 게요. 장수는 장수답게 살고 문신은 문신답게 살듯이, 장수는 또한 장수답게 죽고 문신은 문신답게 죽어야 하오. 아니 그렇소?"

나는 슬쩍 비판의 뜻을 내비쳤다.

"전쟁이 영원하다면 목숨을 걸고 전쟁터로 나서는 까닭이 무엇인지요?"

대장군은 이미 답을 지녔다.

"여진이든 왜든, 도적 떼에게 노략질당한 마을의 몰골은 비슷하다오. 타오르는 집, 흩어진 시신, 돌아오지 않을 주인을 기다리며 잿더미에서 짖어 대는 개들. 이제 안전하다고 몇 번이나 강조해도, 인근 산천으로 숨어든 이들은 좀처럼 마을로 되돌아오지 않는다오. 겨우 집으로 와서 일상을 다시 시작하더라도 항상 달아날 준비부터 하지. 바람이 불어도 구름이 몰려와도 비와 눈이 내려도 불길하고 또 불길한 게요. 서로 의심하고 다투고 그러다가 마을을 떠난다오. 폐가(廢家)만이 남은 마을이 서북면과 동북면의 국경을 따라 또 남해와 동해와 서해의 해안을 따라 즐비하다오. 이 죽음의 마을을 삶의 마을로 바꾸는 데 부족하나마 힘을 보태고 싶소. 내가 장졸을 이끌고 나아가서 대승을 거두면 떠났던 이들이 소식을 듣고 안심하며 귀향한다오. 그렇게 다시 활기를 되찾은 마을이 100곳이 넘소. 그 마을들이 꼭 내 고향 같소이다."

나라를 위해서라거나 사직을 위해서라고 답했다면 실망했으리라. 그러나 대장군은 평생 거창한 명분보다 이웃의 행복을 소중히 여겼다. 백성을 최우선으로 두는 포은이나 나의 입장과, 이르는 경로는 달랐지만 종착지는 놀랍도록 똑같았다. 그리고 평생 내 마음을 흔든 대장군의 독백 아닌 독백이 이어졌다.

"여진인이든 왜인이든 만나서 이야기를 나누다 보면 타고날 때부터 잔인하고 포악한 이는 없소. 맑고 순수하기가 한겨울 고드름 같아서 놀란 적도 많다오. 그들이 진력할 생업이 있었다면 이 한결같은 마음을 버릴 까닭이 없소. 다시 말해 남자에겐 끼니를 잇고도 남는 곡식이 있고 여자에겐 겨울 추위를 막고도 남은 옷감이 있다면, 부모를 섬기고 자식을 기르기에 넉넉하다면, 누구나 예의를 갖출 것이오. 장졸을 이끌고 전쟁터로 나서지 않더라도 세상의 모든 도적들이 저절로 사라질 것이다 이 말이외다. 이 일은 나처럼 전쟁터를 누비는 장수가 아니라 그대나 포은 같은 문신들이 맡아 주어야 하오."

항산(恒産)이 있는 자는 항심(恒心)이 있으나 항산이 없는 자는 항심이 없다. 맹자의 가르침을 깊이 체득한 자의 주장이었다.

대장군은 죽음과도 같은 치욕을 스스로 느끼고 있으리라. 발가락 하나만 걸쳐도 말 위에서 먹고 자고 놀고 싸울 수 있음을 자랑하지 않았던가.

끓는 피. 벼슬과 나이 따윈 겉옷에 불과했다. 작년에 봉화로 귀양 오기 전, 이매(魑魅)와 망량을 따로 불러 낮밤 없이 대장군을 호위하라 명하였지만 기어이 불상사가 터진 것이다. 망량이 이방원의 밀서를 품고 촌음을 다퉈 이곳까지 내려올 정도면 가볍게 넘길 부상이 아니다.

삼독(三讀).

그사이 비가 그치고 해가 졌다. 흑마는 구유에 코를 박고 허기를 달랬으며, 새 옷으로 갈아입은 망량은 말고삐를 쥔 채 서서 답장을 기다렸다. 숨을 쉴 때마다 어깨가 부풀 듯 들썩거렸다. 마음은 이미 북쪽을 향해 달리고 있었다.

서실에서 한 번 읽고, 언덕까지 산보를 나가 눈부시게 밝은 배꽃 아래에서 다시 읽고, 되돌아오는 길에 개천의 컴컴함으로 다가가는 붉은 기운을 등지고 또다시 읽었다. 대장군이나 조준 혹은 남은의 서찰이었다면 밤길을 내달린 망량의 피곤을 무시하고 답서를 내밀었으리라.

좋지 않았다. 화살을 쏘기 직전 가슴을 완전히 연 만작의 기운이 획마다 그득했다. 줌통을 잡은 손과 현을 건 깍짓손이 가장 멀리 떨어진 채 멈췄다.

병졸들의 입을 막아 해주의 일을 우선 숨겼습니다만, 흠집을 찾느라 일의 경중과 대감의 공과까지 무시한 자들이 아닙니까. 탑전에 알려지기 전 묘책을 마련하는 편이 옳을 것입니다.

'묘책'이라 짐짓 에둘렀지만 화살이 포은의 심장을 겨눔을 누가 모르겠는가. 3년 전 11월 금상의 즉위를 결정했을 때 이방원은 만작의 기운으로 포은에게 따져 물었다.

"말도 안 됩니다. 신우와 신창을 폐하고 정도를 세우는 데 그가 한 일이 무엇입니까. 왕씨 성을 얻어 태어났다 하여 전혀 공이 없는 자가 보위에 올라 사리와 사욕을 취한다면, 천하를 바꿔 바로 세우려는 맑은 뜻이 더럽혀지지 않습니까. 동지도 아닌 자에게 어찌 충(忠)을 다하리까. 게다가 학덕과 인품을 따진 것이 아니라 제비뽑기 그러니까

탐주(探籌)를 통해 용상의 주인을 정하였다면서요? 이런 법이 어디 있습니까. 왕을 뽑는 것이 장난입니까. 명나라에서 자초지종을 알면 과연 그를 고려의 왕으로 인정하겠습니까."

그리고 내게도 물어뜯다시피 달려들었다.

"죽 쒀서 개 바라지할 일 있습니까? 섭섭합니다, 정말! 다른 분들이 왕실의 먼 족친 운운하더라도, 대감만은 그 자리의 주인이 따로 있다고 주장하셨어야지요. 아버지가 아닌 그 누구도, 만인지상의 지위에 오를 만큼 공을 세운 이가 없습니다. 지금이라도 늦지 않았습니다. 다시 의논하십시오. 왕성 안 흥국사에 모이는 것이야 오늘 밤이라도 가능하지 않겠습니까. 제가 연락을 넣겠습니다."

나는 개의 목줄을 당기듯 짧게 물었다.

"대장군께 청하지 않았다고 보는가?"

이방원은 잠시 내 눈을 들여다보더니 이윽고 반문했다.

"……아버지가 거절하셨단 말씀이신가요? 그것이 아버지의 진심이라고 믿으시진 않겠지요? 두 번 세 번 거듭……."

숨줄을 끊듯 말허리를 잘랐다.

"거듭 할 일과 멈추고 자중할 일이 있는 법일세. 진심이니 거듭 청하러 와서 괴롭히는 짓을 막아 달라고 내게 부탁하셨다네."

"아버지의 뜻대로 따르실 겁니까?"

젊음이란 어리석지만 또한 여전히 좋다는 생각이 그 순간 스치고 지나갔다. 그리고 이방원이 함부로 마음의 바닥을 보여 누군가를 다치게 하거나 스스로 다치기 전에 다독일 필요가 있었다. 제갈량이 관우나 장비를 때론 채찍으로, 때론 당근으로 다스린 이야기가 또한 떠올랐다.

"대장군도 자네도 나도 결국은 단 하나의 바다에서 만날 걸세. 이번만이 바다에 닿을 기회는 아님을 고려해 주었으면 하네. 만 걸음을 걸어온 여행자가 이런저런 이유로 백 걸음 정도 물러나는 건 흔한 일이라네. 단 한 걸음도 물러나지 않겠다며 나아가기만을 고집하다간 더 큰 어려움에 부딪치지. 우린 벌써 아주 많이 걸어왔네. 돌이키기엔 늦었어. 내 말뜻 알아듣겠는가?"

대장군에겐 자랑스러운 아들!

무예 솜씨는 핏줄 덕분으로 돌리더라도, 열일곱 살 어린 나이에 문과에 급제한 재주는 칭찬받아 마땅하다. 그러나 이제 겨우 스물여섯 살, 나보다 25년이나 어린 청년에겐 인자무적(仁者無敵)의 당당함보다 속전속결의 날카로움이 가깝고 미더운 법이다. 죽음도 늙음도 멀리 있어, 어디로든 가도 되고 무엇이든 해도 된다고 착각하는 나이. 탕

탕한 급류와 시퍼런 폭포에 눈길을 빼앗긴 그에게 세상의
온갖 암초와 잡물을 아우르고 아우르고 또 아우르는 하류
의 넉넉한 품을 어찌 깨우칠 것인가. 나 역시 그 나이엔 독
보(獨步)를 자처했다. 두 배쯤 더 살고 나야 그 시절 언행을
부끄러워하게 된다. 태어나고 죽는 것만 예외가 없는 것이
아니라, 허황한 희망에 몰두하였다가 부끄러움으로 돌아오
는 것 역시 옹졸한 인생의 필연 중 하나다. 망설인다면 기
특하겠으나 돌진한다고 해도 엄히 벌할 일은 아니다.

대장군이 누르고 내가 덮어 여기까지 왔다. 그 정도 아
들의 결기는 아비로서 다독이겠단 장담에, 혹시 그 송곳이
장창으로 자라면 나를 핑곗거리로 삼아도 무방하단 뼈 있
는 농담을 나눈 적도 있었다.

종종 불렀으나 이방원은 오지 않았다. 솔직히 나도 이
청년이 불편하다. 같은 자리에 머무는 것만으로도 의식이
된다. 숨이 막히고 짜증이 난다. 이방원도 나와 같은 걸까.
연장자라서 어려운 것이 아니라 정도전이란 인간 자체가
싫은가. 내색은 않지만 단둘이 만나는 자린 온갖 핑계를
대곤 피했다.

포은은 나와 이방원의 기질이 비슷해서라고 꼬집었다.
쇠와 쇠가 부딪치면 부서지거나 튕겨 나가는 것과 같은 이
치라고 했다. 대장군도 딱 한 번 우리 둘을 부자(父子)에 비

긴 적이 있다. 나이가 비슷했으면 쌍둥이라고 놀렸으리라. 위화도회군 직전 내가 최영을 베자고 청한 뒤, 곧이어 들어온 이방원이 앵무새처럼 같은 주장을 편 것이다. 대장군은 그 짓만은 차마 못하겠다며 두 번 모두 고개를 저었다. 그러고는 나와 이방원을 가리켜 그대들이야말로 아버지와 아들 같다고 했다.

"최영 장군이 없었다면 어찌 내가 이토록 광영을 누릴 수 있었겠는가. 세상 사람들이 모두 그를 비난할 일이 생기더라도, 나 하나만은 끝까지 그의 곁을 지킬 걸세. 재론하지 말게."

욕심은 열정이다. 욕심 없이 대의를 도모하긴 어렵다. 언젠가 남은은 이방원을 경계하여 대장군 곁에서 떼어 놓을 방법을 찾자고 하였으나 나는 생각이 달랐다. 전후좌우를 고루 따져 안전한 길만 걷는, 아버지의 명을 행여 거스를까 눈치만 살피는 아들들에 비해 이방원은 군계일학이다. 나는 이방원에게 가르쳐 주고 싶다. 욕심의 가시나무들은 넓은 시야를 가린다. 제 뜻을 앞세워 굴복시키기를 즐긴다. 이기고 이기고 또 이길 궁리만 가득하다. 그렇게 평생 이겨 온 이는 단 한 번의 패배로 전부를 잃는다. 승리의 맛은 스스로 익혀도 무방하지만, 패배의 쓴잔을 높이 들고 승자를 칭찬하며 마시기란 쉽지 않다. 그 쓰라림과 울분과 아쉬움이 쌓여 견고한 마음을 만든다. 봄 여름 가을 겨울 무수한 낮과 밤, 만나고 헤어지는 인연에도 흔들림 없는 마음.

훗날 이방원이 쉰한 살 내 나이에 이르면 틀림없이 지금 나보단 백배 나을 것이다. 스물여섯 살에 나는 선친의 무덤을 지켰을 따름인데, 그는 이미 대장군을 보필하며 조정의 젊은 신하들과 나라의 앞날을 의논하고 있지 않은가.

물은 웅덩이를 모두 채운 후에야 다음 개천으로 흘러내려 간다. 이방원은 아직 더 차올라야 한다. 더 아파야 하고 더 외로워야 한다. 낮의 질주보다 밤의 침잠을 배워야 한다. 꼭 한 번은 이방원에게 가르침을 펴고 싶었다. 그때가 저수지의 물처럼 그득해졌는가.

지금 나는 영주에 있고 대장군은 해주에서 다쳤으니, 망아지를 가두던 고삐도 우리도 사라진 셈이다. 그런데 이방원은 홀로 일을 도모하지 않고 내 사람 망량에게 서찰을 적어 보냈다.

솔직하게 밝히건대 이방원을 못마땅하게 여긴 적이 많았다. 모두 침묵하고 넘어갈 때 혼자 목소리를 높여 대니, 그 말이 옳아도 혀를 찼다. 해바라기론 살아가기 힘든 사내, 대장군 이성계란 해를 두고도 또 하나의 해가 되고자 주장을 펴는 사내. 정도전이 이방원을 가장 미워한단 풍문도 돌았다. 아직까지 그런 낭설이 사실인 듯 돌고 있겠지만, 지금 나는 이방원을 미워하지 않는다. 오히려 아낀다. 어쨌든 이방원은 위화도회군을 기점으로 '고려'라는 낡은 옷을 갈기갈기 찢어 버리고 새 옷을 입고자 전력을 다하고 있다. 이방원처럼 한결같은 이는 드물다. 대장군을 위해서 또 대장군을 돕는 우리를 위해서 꼭 필요한 젊은 피다. 나는 그 피가 헛되이 대지를 적시는 것을 원치 않는다. 그 피가 자신의 몸을 돌고 이 나라를 돌고 나아가 이 세계를 돌아서 처음에 닿기를 바란다. 대장군과 포은과 또 내가 아직은 건재하기 때문에, 이방원에겐 충분히 준비하고 경험할 시간이 허락된다. 이 얼마나 축복인가.

이방원은 아직 안장의 무게를 모르는 야생마다. 윽박지르거나 외면하거나 두려워하지 말고 가슴과 가슴을 부딪치고 등과 등을 비비며 가르쳐야 한다. 돌에서 필요 없는 부분을 깎고 다듬어 진정한 옥으로 만들어야 한다. 대장군은 오래전부터 옥돌을 다듬는 일을 내게 맡으라고 강권하였다. 이방원을 노리는 내 차디찬 눈길에서 얼핏 따스한 기운을 알아차린 유일한 사람이다.

빛을 토하는 등잔대를 높이 콧잔등까지 들었다. 둥지로 들지 못한 새 울음이 바빴다. 흑마가 앞발로 땅을 찬 뒤 코를 박고 냄새를 맡았다.

"가거라!"

망량이 내 텅 빈 왼손을 보며 머뭇거렸다.

"답장을, ……꼭 받아 오라 하셨습니다."

"가래도!"

망량이 턱살을 겹치고 가슴을 내밀며 버텼다. 결심이 선 눈빛이다.

"소인이 베겠습니다."

포은의 목숨을 취할 세밀한 궁리까지 마친 것인가. 이방원의 일이라면 무엇이든 보고 듣고 읽고 기억하라 일렀으니, 내게 부친 밀서 역시 해주를 벗어나자마자 꺼내 살폈으리라. 그런데 내가 아니라 그의 편을 든다. 이방원만이 아니라 대장군의 병졸 전체가 선공(先攻)으로 기울었는지도 모른다. 그렇다고 하여도 명분 없는 길로 발을 들이면 안 된다. 어지러운 곳은 해주이고 포은이 머무는 왕성은 미동도 없다.

"듣지 않은 셈 치겠느니."

"대감!"

다시 버텼다.

"왜 포은을 베겠다는 것인가?"

"아시지 않습니까? 그는 고려에 충성을 다할 뿐입니다. 혁명의 배신자는 미리 제거함이 마땅합니다."

망량의 앞으로 도깨비처럼 성큼 다가섰다. 뺨을 후려
쳤다.

"네놈이 혁명을 알아?"

망량이 반문했다.

"용상으로 향하는 대장군을 막고 있지 않습니까?"

생각의 방향을 바꿔 놓을 필요가 있었다.

"딱 한 번만 일러 주겠네. 포은을 서책만 가까이하는,
500년을 이어 온 왕조를 끌어안고 어떻게든 버티려는, 고
집불통 샌님으로 여기지 말게. 나는 그와 『맹자』를 읽었네.
『춘추』를 읽었어. 백성을 위하지 않는 왕과 또 그 나라가
멸망한 예를, 또 그 예의 근거들을 외우고 논하고 우리의
처지에 적용하여 받아들였어. 막연하게 저 사람은 고려에
충성할 것이라거나 혁명에 반대할 것이라는, 변화를 도모
하지 않고 옛 관습을 중히 여길 것이라는 추측은 지워 버
리게. 원나라를 버리고 명나라와 손을 잡아 똑같은 수레와
똑같은 문자를 써야 한다고 주창한 이가 누군가? 포은일
세. 왕성에 가득한 고승들을 조정에서 내쫓고 공맹의 가르
침으로 법과 제도를 바로잡자고 주창한 이가 누군가? 포은
일세. 신우와 신창을 공민왕의 후손이 아니라 신돈의 핏줄
로 명시하고 금상을 옹립하는 데 앞장선 이가 누군가? 포
은일세. 나와 조준이 줄기차게 주장한 사전 혁파를 지지한

이가 누구인가? 포은일세. 변방의 이름 없는 장수였던 이성계를 중앙의 문무 대신들에게 적극 추천하여 중용하도록 이끈 이가 누군가? 포은일세. 포은의 이토록 놀라운 추진력과 백성을 아끼는 마음과 변화에 대한 갈망을 무시한 채 '고려에 충성을 다하려는 신하'로 묶는다는 게 말이나 되는 소리인가? 그는 나보다도 더 깊이 절망했고 나보다도 더 뜨겁게 세상을 바꾸고 싶어 한다네. 다만 사전 혁파를 목소리 높여 반대한 한산부원군과 사제지간인 탓에 주장을 펴는 데 말을 아꼈고, 또 금상이 스승의 예로 포은을 대하니 그들이 돈독해 보일 뿐일세. 포은을 베겠다는 것은 곧 나를 베겠다는 것과 같아. 명심하게."

망량이 읍을 하고 말에 올랐다. 나는 말발굽 소리가 점점 작아지다가 사라질 때까지, 북으로 뻗은 어둠을 쳐다보았다.

낙마는 의외의 비보지만 대장군은 곧 털고 일어날 것이다. 다치거나 아픈 군졸을 단기간에 최강으로 변신시키는 모습을 여러 번 보았다. 이제 스스로에게 그 비법을 쓸 차례다. 포은은 한결같을 것이다. 나보다 오래 대장군을 지켜보았고 또 돈독한 정을 나눴기에 나보다 더 대장군을 걱정하리라. 그러나 서둘러 문병을 간다거나 도당에서 대장군의 낙마를 의논하는 일은 삼갈 것이다. 재상의 한 걸음을 바위처럼 무겁게 여기겠지. 골칫거리는 이방원이다. 대장군이 없는 자리에서 종종 그는 자신을 나나 포은과 동급으로 두고자 했다. 묻지 않았는데도 이야기를 늘어놓거나, 눈을 내리고 작게 거론할 문제도 광대뼈가 튀어나올 만큼 두 눈에 힘을 실었다. 당대의 최고 실력자, 대장군을 아버지로 둔다는 것이 꼭 좋은 일만은 아니다. 아버지의 어깨에 올라앉고선 제 힘으로 거기에 올라 세상을 조망한단 착각에 빠진다고나 할까. 오직 한 계절만 살다 죽을 짐승처럼 바쁘게 군다. 여름과 가을과 겨울을 보내고 나면 또 봄이 온다는 것을 모르는 듯, 무시하는 듯하다. 봄옷 어깨에 걸치고 나비 따라 훨훨 노닐지 못했는데 봄이 가고 있었다. 아니 다시 더 큰 봄으로 깨어날 시간이었다. 주먹을 쥐고 허공을 휘휘 저으며 되뇌었다. 봄은 봄의 출생이고 여름은 봄의 성장이며 가을은 봄의 성숙이고 겨울은 봄의 수장(收藏)일지니, 봄을 모르고 대체 무엇을 알겠는가.

어제와 오늘 종이 위에서 노닌 시간이 길었다. 붓을 놀리다 보니 쓸 말이 스멀스멀 지렁이처럼 기어 나왔다. 어떤 놈은 내 문장이 아닌 듯 구경했고 어떤 놈은 잊고 지낸 풍광과 사람을 되살려 멈칫거리게 만들었다. 처음 잡기를 배울 때처럼 하루 이틀 이러다가 말까. 소일거리로 삼기엔 꼭 좋지만은 않다. 좁은 방에 웅크리고 앉아 오른팔에 힘을 잔뜩 주고 글을 써 가는 바람에 못 본 꽃이 몇 송이며 못 들은 새소리 바람소리 물소리가 몇 묶음이며 못 디딘 땅이 몇 걸음이겠는가. 귀양까지 와서 학자입네 서책을 끼고 앉았긴 싫었다. 해서 똥강아지처럼 쏘다녔건만. 완보(緩步)의 무릎에 머무는 바람의 맛을 비로소 즐기기 시작했건만.

텅 빈 방을 이번엔 유지하고 싶었다. 서책 한 권, 변변한 가구 하나 없는 방. 홀로 앉아 마음을 비우고 뜰에 돋는 새싹들을 바라보는 방. 문지방을 넘어온 흰 구름이 창문으로 빠져나간 자리를 그윽한 생각으로 가득 채우면 얼마나 근사할까. 현명함과 어리석음을 가르는 기준은 결코 독파한 서책의 양에 있지 않다. 나무 상자 한 개와 열 개의 차이는 오십보백보다. 아무것도 없는 데서 생각을 쌓아 올리기란 무척 어렵다. 죽은 이도 살리고, 전혀 만난 적도 없는 것들을 위아래 좌우로 잇고, 또 그 전부가 답을 내지 못하더라도 무덤덤하게 받아들여 무너뜨리고 다시 쌓는 마음의 방!

방에 대한 생각을 살짝 흔들어 다시 닦는다. 이미 답이 나왔다면 되돌아보지 않는 것이 원칙이었다. 텅 빈 방에선 원칙조차 흩어지는구나. 아무도 살지 않는 외딴섬에 홀로 들어갈 때 어떤 서책을 가지고 가겠느냐는 질문을 받은 적이 있다. 세 권을 고른다면? 아니 딱 한 권만? 이런저런 서책들을 혀 위에 올렸다. 『맹자』를 가장 자주 짚었고, 『논어』나 『시경』 혹은 『사기』와 『역경』을 언급하기도 했다. 지금 내게 묻는다면, 단 한 권의 서책도 가져가지 않겠다고 답하리라. 책을 펼쳐 글자를 읽는 대신, 팔베개를 하고 누워 다가왔다가 지나가는 구름을 구경하겠다. 그리고 그 구름의 모양과 크기와 움직임에 따라 과거를 추억했다가 지우고 현재를 살피다가 지우고 미래를 예상하다가 지우리라. 너무 많이 채우고 쌓기만 했다. 흘러가는 물을 위해선 비우고 낮추고 부드러워져야 한다.

이게 다 포은 탓이다! 요렇게 적고 보니 은근히 흡족하여 한 번 더 적는다. 이게 다 포은 탓이다! 내 잘못은 없다. 아는 사람은 알겠지만 목은 학당을 드나들 때부터 포은은 우리들의 핑계였다. 스승이 유난히 포은을 아낀 탓에 학당 서생들은 스승의 노여움을 살 때마다 포은에게 화살을 돌렸다. 황당할 뿐 아니라 억울할 법도 한데 포은은 따지거나 반발하지 않고 그믐처럼 넘겼다. 나도 죽기 전에 포은의 핑계가 되고 싶다.

4장

도깨비 놀음

◉ 3월 신축일*

◎ 대장군 이성계가 계속 해주에 머물렀다.

대장군이 나옹 대사가 남긴 「삼전어(三轉語)」를 염불하듯 반복하여 외웠다.

산은 어찌하여 묏부리에서 그치고(山何嶽邊止)
물은 어찌하여 개울을 이루며(水何到成渠)
밥은 어찌하여 흰 쌀로 짓는가.(飯何白米造)

이방원이 육식을 권하였으나 물리치고 간단히 미음으로 입술만 적셨다. 당분간 고기는 상에 올리지 말라고 명했다.

---

* 1392년 3월 20일.

◎ 왕이 왕성에 머물렀다.

왕이 광화문을 나와서 남대가를 따라 내려가다가 십자가에 이르렀다. 수문하시중 정몽주를 비롯한 조정 대신들이 뒤따랐다. 격식을 갖춘 왕의 행렬에 왕성 백성들이 모두 일손을 놓고 거리로 나와서 구경했다. 대신들이 보제사에 들러 쉬기를 권하였으나 왕은 십자가를 떠나려 하지 않았다. 왕이 민천사 아래에 사는 회회(回回)가 빚은 떡을 구하여 오도록 했다. 보위에 오르기 전에 먹었던 기억을 되살린 것이다. 그러나 회회는 1년 전에 가게를 그만두고 고국으로 이미 돌아갔다. 시절이 수상하다며 왕성을 떠나는 이들이 부쩍 늘었다. 왕이 궁으로 돌아왔다.

늦은 밤, 내관이 벽란도까지 가서 다른 회회 아비의 떡을 구하여 왔다. 왕은 먹지 않고 후원에 파묻으라고 명했다.

◎ 정몽주가 늦은 밤 왕성 안팎 사찰의 주지 스무 명과 묘련사에서 만났다. 작년 가을부터 쏟아진 주지들의 요청으로 마련된 자리였다. 정갈한 밤참이 나왔으나 정몽주는 젓가락을 들지도 않았다. 주지들은 국사(國師) 혹은 왕사(王師)를 임명하여 나라의 번영과 왕실의 안녕을 도모하자고 돌아가며 건의하였다. 그리고 따로 모아 둔 재물을, 정몽주를 통해 나라에 바치고 싶다는 뜻도 밝혔다. 정몽주는 헌

납을 담당하는 관리를 보내겠다고 짧게 답한 후 보우 대사
의 후덕함만을 추억하고 일어섰다.

「이매망량전(魑魅魍魎傳)」을 손질했다. 계해년(1383년) 함
주로 대장군을 만나러 처음 갔을 때 도적 떼 괴수 이매와
망량이 붙들려 왔다는 소식을 들었다. 곧바로 대장군에게
그들과의 기이한 인연을 밝히진 않았다. 포은에게 귀띔을
받긴 했겠지만, 대장군은 직접 정도전이란 인간의 됨됨이
를 알고자 하는 눈치였다. 대장군의 나이 마흔아홉, 내 나
이 마흔둘. 남자 나이 마흔 살을 넘기면, 쉽게 마음을 열고
벗을 사귀기 어렵다. 지금까지 맺은 인연을 챙기고 살피기
에도 빠듯한 나날이다. 더군다나 대장군은 동북면에서 이
름을 떨친 장수이고, 나는 등용문에 올라 벼슬길로 나아갔
으나 나라에 죄를 얻어 귀양을 가고 그 후로도 산천을 떠
돌며 시마(詩魔)를 다스린 문관이었다.

"조정에서 쫓겨난 지 얼마나 되오?"

대장군은 곧장 찌르고 한 걸음 나아가 더 깊이 다시 찔
러 왔다.

"8년입니다."

"내 밑에서 병졸을 하려는 게 아니라면 잘못 왔소. 복직을 원한다면 왕성으로 가시오. 그대를 도울 벼슬아치들이 머무는 곳은 이 험한 군영이 아니오."

"병졸로 싸우러 왔다면 받아 주시겠습니까?"

"포은과 함께 목은 선생의 문하가 아니오? 등과도 진작했고."

"맞습니다. 하지만 저는 문신이 아니라 장군의 병졸이 되고 싶습니다."

"그 이유가 무엇이오?"

"말씀드렸지 않습니까? 싸우기 위해섭니다."

"누구와 싸운단 게요?"

"우선 장군과 싸워야 하겠지요."

대장군의 눈이 날카로워졌다. 말장난에 능한 글쟁이인가, 나를 의심하는 것이다. 포은에 대한 믿음으로 한 번은 뜨거운 기운을 눌러 앉혔다. 질문이 이어질수록 그의 말이 빨라졌다.

"나와 싸운다? 우린 오늘 처음 만났지 않소? 내가 그대와 싸울 이유가 없을 텐데?"

나는 기다렸다는 듯 반 박자 먼저 답했다.

"대승을 거두기 위해선 진중에 딴마음을 먹는 이가 있

어서는 아니 되겠지요. 장군과 저의 뜻이 다르다면, 제가 싸우고 싶은 적을 알려 드릴 필요도 없습니다."

대장군이 다시 파고들었다.

"나와 어떻게 싸우겠단 게요? 칼이든 활이든 그대는 내 적수가 못 되오. 죽고 싶어 온 게요?"

"무예를 겨루는 것이 아니라, 용기를 겨루고 싶습니다."

"용기를 겨룬다?"

즉답을 미루고 눈싸움을 벌였다. 대장군은 눈이 크고 깊어 아무리 뚫어지게 쳐다보아도 속마음이 드러나지 않지! 포은의 전언은 사실이었다. 함주까지 찾아온 까닭을 이제 밝힐 때였다.

"세상을 바꾸고자 합니다, 전부를 걸고!"

대장군은 시선을 올려 내 어깨 너머를 쳐다보았다.

"나는 장수라오, 전쟁터에서 살고 죽는."

"장군의 전쟁터와 제 전쟁터가 다르지 않습니다. 아무리 명분이 옳아도 힘이 없으면 패퇴하지요. 포은 형님도 저도 두 번 다시 그 참담함을 맛보고 싶지 않습니다."

대장군이 말머리를 돌렸다. 아니 어쩌면 크게 도약하여 다음 들판으로 나아가는지도 모른다.

"내 정예 기병을 이용할 작정이오?"

"누구를 이용할 마음은 전혀 없습니다. 누구를 이용해선 세상이 바뀌지도 않습니다."

"나는 지금까지 두려움 없이 싸웠소. 상대가 홍건적이든 여진이든 왜구든, 병력이 두 배, 열 배, 오십 배 많더라도, 나는 가장 먼저 나아갔고 가장 나중에 물러섰다오. 그리할 수 있소?"

"선봉에 서겠습니다. 그러나 물러나진 않겠습니다. 퇴로가 없는 싸움을 벌이려고 합니다. 내일을 기약하지 않는 싸움, 전부를 얻거나 전부를 잃는 싸움."

"나를 위해서 그리하겠다?"

"아닙니다. 저는 오직 백성을 위해 그리할 겁니다. 그리고 장군께서도 저와 함께 또 포은 형님과 함께 이 싸움을 준비하고 결행하였으면 합니다."

대장군이 갑자기 웃음을 터뜨렸다. 그리고 술상을 차려 오게 하여 잔이 넘치도록 탁한 술을 따랐다.

"포은의 자랑이 허언이 아니었소. 그대가 이 세상에서 없애 버리고 싶은 것들은 차차 들읍시다. 지금 당장 원하는 것이 혹시 있소? 오늘의 만남을 기리는 뜻에서 소원을 들어주리다."

그제야 나는 이야기 한 자락을 풀어놓았다. 이매와 망량, 두 도깨비를 죽이지 말고 거둬 주십사 에둘러 청하기 위함이었다. 이야기를 마친 후엔 대장군을 따라 군영을 둘러보았고, 북풍을 견디며 힘차게 자란 소나무들의 짙푸른 빛도 구경했다.

　그리고 9년이 흘렀다. 여유가 생길 때 소설로 지어 보여 달라고 대장군이 청하지 않았다면, 저물녘 밥 짓는 연기처럼 사라졌으리라. 물론 바쁜 나날이었으나 며칠 밤 여유를 못 낼 정도는 아니었다. 이야기의 주인공들이 함주에서 목이 달아나지 않고 계속 삶을 잇고 있는 것이 문제였다. 그 둘의 후반생을 예측은 하지만 미래는 그믐밤 숲을 지나듯 변수가 많은 법이다. 나보다 젊은 그들이 먼저 세상을 버릴 때까지 기다리는 것도 고약하고 지루한 노릇이다. 결말을 어찌 둘까 확정 짓진 않았으나, 작년 9월 귀양을 내려올 때부터 이 오랜 숙제를 마무리하리라 결심했었다. 그리고 또 겨울이 가고 봄으로 접어든 지 오래다. 이끼보다 푸른 봄날의 기운에 더하여 겨울에 쌓고 다듬은 구상을 붓으로 놀려 본다. 이 이야기를 듣고 박장대소하던 대장군의 웃음소리가 귀에 쟁쟁거린다.

魑魅魍魎傳

　이매와 망량의 본명은 알려진 것이 없으며 태어난 날 또한 확실하지 않다. 전라도 나주 회진현에서 나고 자랐다. 어릴 때는 쌍둥이처럼 용모가 닮았지만, 이매는 점점 마르고 망량은 점점 뚱뚱해져, 이매는 망량을 두 배 큰 자로 부풀렸고, 망량은 이매를 절반에 겨우 미치는 자로 깎아내렸다.

담벼락을 같이 쓰는 이웃이고 둘 다 외동인 탓에 자연스럽게 벗이 되었다. 낮에는 함께 들로 나가 농사를 지었고 밤에는 같이 서책을 읽었다. 나주는 시골이지만 더러 나라에 죄를 짓고 유배를 오는 신하들이 있어서 스승을 찾기는 어렵지 않았다.

이매와 망량이 열다섯 살 되었을 때, 둘은 같은 날 부모를 잃었다. 극심한 흉년이 든 해였다. 땅 주인에게 소작료를 내년으로 미뤄 달라 했지만 거절당한 소작농들이 나주 관아로 몰려가서 구휼(救恤)을 청했다. 매타작을 당한 소작농 열두 명이 관아 대문을 넘지 못하고 죽었다. 이매의 부모와 망량의 부모도 그날 세상을 버린 이들에 포함되었다. 무덤 넷을 나란히 만든 뒤, 이매와 망량은 앞서거니 뒤서거니 노래를 지어 불렀다.

농사는 지어 무엇하는가,
내가 지은 곡식 먹지 못한다면.
눈물은 흘려 무엇하는가,
내가 흘린 눈물 누군가 또 흘린다면.

글은 지어 무엇하는가,

내가 지은 글 종이만 더럽힌다면.

피는 흘려 무엇하는가,

내가 흘린 피 땅으로 사라진다면.

노래를 마친 후, 이매와 망량은 고향을 떠났다. 5년을 돌아다니며 사람들을 만났다. 남자도 만났고 여자도 만났고 내일을 상상하는 이도 만났고 어제를 추억하는 이도 만났다. 원나라의 세상이란 이도 만났고 명나라의 세상이란 이도 만났다. 고려의 세상이란 이는 만나지 못했다. 마음이 통한다 싶으면 그들이 지은 노래를 건넸다. 당장 물음의 답을 찾아 나서자는 이도 있었지만, 이매와 망량은 자신들에게 부족한 부분을 좀 더 알아 나가기를 원했다. 그렇게 형과 아우로 맺어진 전국의 봉기꾼이 1000명을 넘었다.

5년 후 나주 회진현으로 돌아온 이매와 망량은 마을에서 멀리 떨어진, 쭉쭉 뻗은 나뭇잎과 키만큼 자란 풀 더미에 가려, 낮에도 해 질 무렵처럼 어두운 솔숲 언덕에 집을 짓고 함께 살았다. 낮에는 마을 사람들과 다름없이 밭으로 나가 일을 했지만, 밤에는 일찍 잠자리에 드는 대신 늦게까지 무리 지어 술을 마시고 노래를 부르고 이야기를 이어 갔다. 나주 인근의 벗들이 대부분이었으나 가끔 서북면

이나 동북면에서 손님이 찾아오기도 했다. 아버지가 여진인인 사람도 있었고 어머니가 몽고인인 사람도 있었으며 할아버지가 왜인인 사람도 있었고 외할머니가 위구르인인 사람도 있었다. 고향과 핏줄은 중요하지 않았다. 어울려 먹고 마시며 울분을 토하면 그것으로 족하고 또 때를 기다려 세상을 엎을 각오를 하면 그것으로 족했다.

귀뚜라미 울음 시끄러운 그 가을, 숲을 떠돌며 술을 마시고 돌아와서 다시 이야기판을 깔고 낄낄낄낄 깔깔깔깔 웃음보따리를 풀며 나라님에서부터 나주 고을 원님까지 잘근잘근 씹어 돌리기 시작하려는데, 마당에서 헛기침 소리가 났다. 깡마른 이매가 눈살을 찌푸리며 문을 열었더니, 사내가 우뚝 서서 호통을 쳤다.

"뭣하는 놈들이기에 깊은 밤 잠도 자지 않고 이렇듯 소란을 피우느냐?"

뒤따라 나온 망량이 접힌 뒷목을 긁으며 이매에게 속삭였다.

"그제 보니 솔숲 건너 100보 위에 초가 한 채가 앉았더라. 그 집 주인인가 봐."

사내보다 더 큰 목소리로 답했다.

"나는 망량이고 이 친구는 이매요. 술 마시고 노는 이들은 이매 망량의 친구들이라오."

"도깨비 무리가 인간 세상엔 웬일이냐? 숨어들어 왔다면 조용히 구경이나 하고 갈 것이지 밤을 낮처럼 떠들며 놀다니 가소롭구나."

이매가 답했다.

"그대가 사는 집 근처로 우리가 이사를 왔다면 그 말이 옳으나, 우리가 사는 집 근처로 그대가 왔으니 그대의 비난을 들을 이유가 없소이다. 회진현에 속한 마을 사람들은 언덕 아래 양지바른 곳에 모여 살며, 맑은 날에도 눅눅하고 어둑어둑한 이곳까지 발품을 팔아 올라오는 일이 없소이다. 우리가 여기서 웃고 떠든다 하여 마을 사람들이 단잠을 깼다는 이야기는 듣지 못하였소. 우리가 인간 세상에 나간다면 인간 세상의 예의를 따를 것이나, 무슨 이유인지는 모르지만 그대가 이매 망량의 세상으로 왔다면 그대가 우리의 예의를 받아들임이 옳지 않겠소?"

사내가 순순히 잘못을 인정했다.

"그렇다면 미안하게 되었네. 한데 어찌하여 밤마다 이렇듯 웃고 울며 잠들지 못하는지 내게 알려 줄 수 없겠는가?"

이매가 물었다.

"이 나라가 제대로 돌아간다고 보시오?"

"돌아가지 않고 딱 멈춰 있지."

망량이 이어 물었다.

"멈춰 있다? 그건 또 무슨 황당한 소리요?"

"나라 살림을 얼치기 중에게 맡길 때 한 번 멈췄고, 왕이 내관들과 놀아나다가 칼에 맞아 죽을 때 다시 한 번 멈췄고, 그 얼치기 중의 씨가 분명한 소년이 용상에 덜컥 앉을 때 또다시 멈췄고, 그 소년을 등에 업고 득세한 자들이 뜨는 해인 명나라를 버리고 지는 해인 원나라와 손을 잡으려 할 때 완전히 멈춰 버렸지."

이매와 망량이 서로 보며 웃은 뒤 비켜섰다. 사내가 집으로 들어가선 무리와 섞여 술부터 한 잔 들이켠 후 자기소개를 했다. 나라에 죄를 짓고 나주 회진현으로 유배를 온 정모(鄭某)라는 말에 이매가 따져 물었다.

"무슨 죄를 지었소?"

정모가 답했다.

"원나라 사신을 나더러 맞으라고 하더군. 몇 번 거절했는데도 가라고 재촉하기에 도당에 경고했지. '어명으로 나가라고 하니 나가긴 하겠습니다. 하지만 원나라 사신을 보면 울분이 차오를 테니, 제가 무슨 짓을 할지 모르겠군요. 달려들어 사신의 목을 베어도 괜찮겠습니까?'"

무리가 큰 소리로 배를 두드리며 웃어 댔다. 다투어 술을 권한 후 저마다 한 마디씩 했다.

"죄가 참 무겁소이다."

"용기가 참 크오이다."

"목이 달아나지 않은 게 다행이오이다."

이번에는 정모가 물었다.

"사내들이 모여 술 몇 잔 나눌 순 있겠지. 한데 왜 그리 시끄럽게 노래를 이어 부르는가? 듣지 못한 노랫말이고 곡 조로세."

무리가 다시 웃었다. 망량이 술잔을 놓고 말했다.

"이야기를 하다가 노래를 부르거나 노래를 부르다가 이야기를 하거나, 왔다 갔다 한다오. 노래를 짓는 자만 받은 건 아니지만, 여기 모인 이들 중 노래를 만들지 못하는 이는 없소. 이야기를 못하는 이들이 없듯이."

정모가 믿지 못하겠다는 표정을 짓자, 망량이 먼저 노래를 부르기 시작했다. 몽둥이를 어깨에 걸치니 사내들이 저마다 품은 무기를 꺼내 무릎 앞에 놓았다. 올리고 내리기를 오랫동안 진법 훈련을 받은 군사들처럼 똑같이 하면서 "아니야!"를 외쳤다.

몽둥이가 한 일을 나는 알지.

발톱이자 노리개

제자리로 돌아와 뒤통수를 치는 시간

때론 손을 놓고 몽둥이가 가르는 바람을 보네.
거기까지인가? 아니야!
거기까지인가? 아니야!

이매가 장검을 흔들며 이어 받았다. 곡조가 빠르게 변했고, 무리의 후렴도 "반갑네!"로 바뀌었다.

검을 쥔 첫날은 떠올리기 싫어. 쇠붙이는 쇠붙이였고 눈물은 눈물이었네. 두려워하는 이도 없었고 기대하는 이는 더더욱!

나도 검을 몰랐고 검도 나를 몰랐지. 내 손이 얼마나 빠른지 내 검이 얼마나 빛을 겹겹 쪼개는지.

이젠 답할 수 있네. 검이 아는 것은 나도 알고 검이 모르는 것은 알 필요가 없는 것.

내 검과 인사하려는가? 반갑네!
내 검과 사귀어 보겠는가? 반갑네!

무리의 합창이 뒤따랐다.

내 이름이 마음에 들면 가져도 좋아.
네 이름이 싫다면 까짓것 내가 가질게.

이름은 뭐래도 좋아 중요한 건 우리의 노래.

이름은 뭐래도 좋아 중요한 건 우리의 이야기.

무리가 한바탕 손뼉을 치며 술잔을 비운 다음 정모를 쳐
다보았다. 정모는 노래 대신 시 한 수를 읊었다.

옛 동산 돌아가는 길은 아득히 끝없어라.

굽은 물 굽은 산 다시 몇 겹인가.

욕심이 멀 때 시름도 멀어지니

높이 올라가되 최고봉엔 오르지 말라.

망량이 큰 머리를 좌우로 흔들며 말했다.

"시가 무척 이상합니다. 산 따윈 오르지도 말고 강 따윈
건너지도 말라면 욕심을 아예 내지 말란 뜻이니 딴 문제겠
으나, 산을 오르긴 하되 최고봉은 삼가라뇨? 맥이 빠지
는 이야기오이다."

이매도 작은 눈을 떴다 감았다 하며 맞장구를 쳤다.

"확실히 우리랑 다르군. 누구, 최고봉을 양보하고 싶은
사람이라도 있소?"

무리가 고개를 저었다. 정모가 자문자답했다.

"내 어찌 유비 현덕이 되겠는가? 제갈량이면 족하지."

망량과 이매가 서로 보며 잠시 침묵했다가 웃음을 터뜨렸다. 방 안의 사내들이 합세하자 웃음소리가 더욱 커졌다.

"그러니까 재상 한자린 차지하고 싶단 소리네."

"제갈량은 위나라와 오나라를 평정하기 위해 출사표를 썼는데, 그댄 무엇을 이루기 위해 출사표를 쓸 계획이오?"

정모가 설명하려 들기 전에, 망량과 이매가 연이어 술을 다시 권했다. 정모는 얼굴이 달아오르더니 눈을 자주 비볐고, 혀가 꼬이더니 알아듣기 힘든 이야기를 하며 웃었다가 화를 내다가 울다가 쓰러져 잠들었다.

닷새 후 아침, 이매와 망량이 정모의 초가로 찾아왔다. 망량이 술통을 등에 졌고 이매가 안주로 쓸 닭 한 마리를 양손에 쥐었다. 이별주라고 했다. 정모는 술병이 깊어 자리보전을 한 채 닷새 동안 앓는 중이었다. 여전히 밤마다 시끄러웠지만 화를 내거나 두려운 마음을 갖지는 않았다. 오히려 저 틈에 끼지 못하고 누워 지내는 밤이 서글펐다. 이별의 술잔을 채운 뒤 정모가 안타까운 표정으로 물었다.

"어딜 간단 말인가?"

망량이 손등으로 입술을 훔치며 답했다.

"이매와 망량의 무리가 숲에서 밤마다 놀고 마신단 풍문이 퍼졌다오. 지난밤엔 나주 관아의 포졸 두 놈이 술꾼입네 하고 몰래 끼어들기까지 했소. 맘대로 놀지도 못하는 더러운 세상.”

“딴 곳으로 옮겨 놀고 마실 작정인가?”

이매가 답했다.

“어딜 간들 마음이 편할까. 피리 한 곡조만 구슬퍼도 의심받고 염탐당할 게 뻔하오.”

“하면 그 놀음을 이제 멈출 텐가?”

망량과 이매가 마주 보며 웃었다.

“판을 바꿀 작정이오.”

“판을 바꾼다?”

“노래판이나 이야기판, 춤판이 아니라 이제 싸움판에서 놀아날까 하오이다.”

“난(亂)이라도 일으키겠다?”

“것도 좋고.”

“봉기라도 하겠다?”

“것도 나쁘지 않고.”

“도적 떼로 떠돌겠다?”

“얼씨구!”

“왜구 흉내를 내며 해적질도 하고?”

“절씨구!”

“고관대작의 저택만 골라 담을 넘고?”

“어기야 어강도리 아으 다롱디리.”

"관아도 털어 무기를 빼앗고?"

"얄리 얄리 얄라셩 얄라리 얄라."

"마지막으로 왕성이라도 부수겠단 뜻인가? 나라를 훔치는 큰 도둑이 되겠다고?"

"……."

대답이 끊겼다. 이매가 허리를 당겨 권했다.

"우리와 함께 가겠소?"

단순히 이별주를 마시는 자리가 아니었다. 망량이 다시 권했다.

"당신이 합류하면 근사하게 한판 벌일 듯하오이다. 멈춘 세상 돌려야지요. 귀양지에서 푹푹 썩어 봤자 멈춘 세상은 돌아가지 않소이다. 어떻소?"

"나는 곧 조정으로 돌아갈 걸세."

망량이 물었다.

"그렇소이까? 언제 제갈량처럼 재상의 반열에 오를 것 같소이까?"

"모르지 그건. 벼슬을 한다고 모두 재상이 되는 건 아니고."

"그 재상 우리가 시켜 드리지요. 당장 내일부터라도 이매 망량의 무리에서 재상을 맡으십시오."

"사람에겐 사람의 길이 있고 도깨비에겐 도깨비의 길이

110

있겠지. 동행은 하지 않는 법일세."

정모가 다시 거절하자, 이매와 망량은 곧 일어났다.

그리고 이매와 망량을 보았다는 사람은 없었다. 대신 하삼도는 물론이고 서북면과 동북면까지 두루 다니며 도적질을 일삼는 무리가 등장했다. 관군과 맞서서도 먼저 달아나는 법이 없었고, 금은보화를 꼭꼭 감춰 둔 부자들의 집만 딱딱 골라 털었다. 괴수를 붙잡기 위해 두둑한 현상금이 걸렸으나 성과가 없었다.

이매와 망량은 각 지역에 우두머리들을 두되 처음엔 서로 모르게 했다. 작은 실수로 지리산 쪽 무리가 붙잡혔으나 이매와 망량은 없었다.

도깨비 무리가 왕성으로 곧 쳐들어올 것이라는 풍문이 돌긴 했다. 그러나 이매와 망량은 왕성 근처까지 무리를 이끌고 접근하진 않았다. 여러 번의 전투를 통해, 왕성을 지키는 최영과 동북면에 주둔한 이성계 두 장수만은 피해야 한다는 사실을 알았던 것이다.

이매와 망량은 각 지역 우두머리들을 금강산으로 불러들여 보름을 꼬박 먹고 마셨다. 참가한 이들은 누구나 술을 마실 권리, 노래를 부르고 춤을 출 권리, 그리고 이후 도깨비 무리의 행보를 제안할 권리를 지녔다. 한두 마디로 의견 제시가 그치기도 했지만 말하기 좋아하는 이는 점심 전에 이야기를 시작하여 해 질 무렵까지 주장을 펴기도 했다. 아무리 긴 이야기라도 중간에 끊는 법이 없었다. 온 갖 길들이 제시되었다. 크게 두 가지로 의견이 갈렸다. 하나는 당장 힘을 모아 왕성을 치자는 의견이었고 또 하나는 고려 국경을 넘어 자리를 잡자는 의견이었다. 전자는 당장 전쟁에 돌입하자는 주장이고 후자는 고려 관원의 힘이 미치지 않는 곳에 정착하여 힘을 길러 후일을 도모하자는 주장이었다. 사흘 밤 사흘 낮의 격론 끝에 후자로 의견이 모였다.

이매와 망량은 무리에 속한 이들에게 고려를 떠나도 좋고 남아도 무방하다는 뜻을 알렸다. 1000여 명의 장정과 3000명이 넘는 식솔이 산맥을 타고 고려 국경을 넘었다. 동북면에 주둔한 이성계에 대한 두려움 탓에 두만강 대신 압록강을 건너 백두산 북쪽에 정착했다. 명나라와 원나라는 중원에서 전투를 치르느라 바빴고, 고려의 영토도 아니었기에, 그 누구의 간섭도 없이 터를 닦고 삶을 이어 가기 시작했다. 이매와 망량은 농사짓는 시간 외에 따로 진법 훈련을 실시했다. 고려의 사정을 살펴 조금이라도 분란의 조짐이 일면 왕성으로 밀고 내려갈 작정이었다.

먼저 공격을 시작한 이는 이성계였다. 동북면뿐만 아니라 서북면 너머의 고려 유민과 여진족까지 아우르기 위해

2000명이 넘는 정예 기병이 압록강을 건넌 것이다. 이매와 망량이 좌우 선봉에 섰지만 역부족이었다. 이성계가 그물을 던져 이매와 망량을 사로잡으니 나머지 장정도 곧 항복했다. 기병들이 마을에 불을 질렀다.

이매와 망량은 포박되어 함주로 끌려왔다. 다른 도깨비 무리는 이성계 앞에 무릎을 꿇었으나 두 사람은 끝까지 버텼다. 목이 잘리기 전날 밤, 이매와 망량을 가둔 옥으로 뜻밖의 사내가 찾아왔다. 나주에서 헤어지고 9년 동안 연락 한 번 없었던 정모였다.

여기까지 쓰고 멈췄다. 그 후로 지금까지 이매와 망량은 내 손과 발로 충실했다. 정도전은 손오공인가. 분신술이라도 펴듯 문과 무, 왕성과 변경의 크고 작은 일을 속속들이 알고 의견을 낸다는 질투 섞인 칭찬을 들었다. 열에 네댓은 두 도깨비의 공이다. 그들이 그림자처럼 조용하면서도 바삐 오간 탓에 내 몸은 왕성에 있더라도 내 눈은 서북면과 동북면의 산자락을 훑고 내 귀는 서해와 동해와 남해의 파도 소리를 들었다.

나는 부처를 믿지 않는다. 나는 타인을 믿지 않는다. 무엇보다도 나는 나를 믿지 않는다. 그러나 어쩌면 나는 이매와 망량만은 믿을 수 있을 것 같다. 더 배운 이매와 망량이 곧 정도전이고 덜 배운 정도전이 곧 이매와 망량이다. 반백 년을 넘기고 보니 더 배우고 덜 배운 차이는 백지장보다 얇다. 협곡이나 강처럼 큰 갈림은 대부분 얼마나 초심을 지키느냐에 달렸다. 변명이 변명을 낳고 또 변명을 낳아서 초심을 짓누르고 덮고 삼켜 버린다. 이매와 망량은 나주에서 왁자지껄 울분을 토하던 그 모습 그대로다.

여러 전기(傳奇)에서 흘러넘치던 시를 「이매망량전」에선 노래로 바꿨다. 글공부가 짧은 이매와 망량에겐 절구나 율시보다 노래가 훨씬 어울린다. 나주에서 헤어진 후에도 그들은 많은 노래를 짓고 부르며 즐겼다. 특히 고려를 떠나기 전 금강산 회합에서 부른 노래 몇 곡은 나 혼자 나지막이 따라 해도 바위를 흔드는 기운을 느낄 정도다. 함주에서 목숨을 건진 뒤부터 이매와 망량은 노래를 더 이상 큰 소리로 부르지 않았다. 몇 번이나 타이르고 협박해야 겨우 기어들어 가는 소리로 한두 소절씩 흐리게 읊조릴 뿐이다. 「이매망량전」을 완성하려면 흐린 노래라도 몇 곡이 더 필요하다. 다음에 이매와 망량을 한자리로 불러 대취할 여유가 생기면 반드시 노래부터 시키리라. 특히 「이매망량가」를 마지막까지 듣고 외워야겠다. 내가 지금 기억하는 가사는 여기까지다.

금강산에 모여 우글대는 도깨비 이야기 해 줄까.

금강산에 왔지만 절경(絶景) 따윈 구경도 않는

귀 먹고 눈 먹고 손발 다 잘리고도

입만 살아 술 마시고 입만 살아 노래하네.

구천구백구십구 년 동안 거짓말만 지껄여 온 깃대 도깨비 이(魑)

한 마디 보탠다. 태평성대로세!

피하고 달아나고 숨으며 겉만 반들반들한 차돌 도깨비 매(魅)

물수제비를 논다. 내일은 어디로 굴러가지?

공양미 바치고 절밥 공짜로 먹다 목탁에 얻어터진 금부처 도깨비 망(魍)

탑돌이를 하며 피눈물을 짠다. 불국토 천천세! 무간지옥 만만세!

내내 밭일만 하고도 쌀 한 톨 못 먹고 비틀대는 황소 도깨비 량(魎)

치받을 놈을 찾아 뿔 흔든다. 주인 나와! 주인이 누구야?

도깨비 도깨비 도깨비 도깨비 도깨비는 갈 곳이 없어라.

도깨비를 보고도 놀라지 않는 사람 탓,

도깨비를 보고도 못 본 체하는 세상 탓.

이매와 망량은 함주에서 삶을 접을 작정이었다. 마을이 불타올라 잿더미로 바뀔 때 그들의 희망도 사라졌던 것이다. 대장군이 살려 주더라도 스스로 목숨을 끊을 눈빛이었다. 나는 천 마디 달콤한 말보다 한 조각 붉은 마음으로 그들을 설득했다. 너희는 실패했지만 나는 아직 미완이니, 나와 함께 가자! 꼭 너희에게 새 세상을 보여 주마. 그리고 9년이 흘렀다. 그 약속에 얼마나 가까이 다가갔을까. 부끄럽고 아득하다.

5장

안
온

● 3월 임인일*

◎ 대장군 이성계가 계속 해주에 머물렀다.

대장군이 이방원의 부축을 받으며 방을 한 바퀴 돌았다. 마당으로 나가진 않았다. 대장군이 나한식을 불렀다. 한식이 꿇어 엎드려 고개를 들지도 못한 채 눈물을 뿌렸다.

"여덟 번째 토끼까지 처음에 잡았더라면 이런 봉변을 당하시진 않았을 것입니다. 그 벌로 장산곶매를 굶겨 죽이겠습니다."

한식을 가까이 오라 하여 손을 쥐곤 상을 더했다.

"그리 마라. 너도 매도 함께 왕성으로 갈 것인즉 채비를 갖추고 기다려라. 내 너를 가까이 두리라. 그런데 혹시 육

---

* 1392년 3월 21일.

덕위란 새를 아느냐?"

"처음 듣습니다."

대장군이 이방원에게 서책을 읽도록 했다. 이방원이
『대학연의』를 읽었다. 이방원은 영주의 정도전에게 사람
을 보내 서찰로 의견을 물었는데, 별다른 반대가 없었다고
아뢰었다. 대장군이 이방원의 손에 들린 서책을 쳐다보며
물었다.

"답신이 왔느냐? 보여 다오."

"오지 않았습니다."

대장군의 시선이 이방원의 이마로 옮겨 왔다.

"정도전답군. 쓸 필요가 없었던 게지. 이보다 더 명백한
반대는 없다. 재론하지 말거라."

이방원이 고쳐 물었다.

"아버지를 돕는 문신과 무장 중 유독 영주에 있는 이만
아끼는 까닭이 무엇입니까? 법과 제도에 정통하기론 조준,
날렵하게 시절의 흐름을 읽기론 남은 등도 뒤지지 않습니
다."

대장군이 곧 답했다.

"그들도 탁월하다. 장기판에서 능히 차나 포, 말이나 상
의 역할을 충실히 다할 위인들이지."

"하면 그는 무엇입니까? 졸은 아닐 터이지만 설마 왕을

맡겨도 된다고 여기진 않으시지요?"

"왕도 부족하지. 정도전은 원칙을 따로 정해 새로운 장기판을 만드니까. 처음부터 그는 자자손손 이어져 온 장기판에 끼어 한몫 볼 생각이 없었어."

이방원이 물었다.

"새 장기판에서 아버지에게 왕 노릇을 맡기지 않는다면 어찌하시겠습니까?"

대장군이 잠시 생각한 후 답했다.

"거기까지 따져 보진 않았다. 언젠가 정도전이 지나가는 말로 알려 줬지. 새 판에선 왕이 졸보다 작을 거라고."

◎ 왕이 왕성에 머물렀다.

경상도 수군만호 차준이 왜선 한 척을 노획하여 바쳤다. 왕이 비단을 상으로 내린 뒤, 벽란도 가까이 왜선이 출현하지 않았는지 하문하였다. 단 한 척의 왜선도 나타나지 않았다는 보고를 듣고 알았다고만 했다.

왕이 수문하시중 정몽주와 바둑을 두었다. 왕이 내리 다섯 판을 이겼다.

"왜 최선을 다하지 않는 것이오?"

"최선을 다하였사옵니다."

"도당에서 정 시중의 바둑 실력이 으뜸이라 들었소. 하면 과인이 열 판 중 한 판을 이길까 말까 해야 맞소."

"맞고 그름은 두기 전 추측이나 타인과의 비교로 드러나지 않사옵니다."

"그렇소?"

"그렇사옵니다."

다시 두 판을 더 두었다. 왕이 한 판을 이기고 정몽주가 한 판을 이겼다. 비로소 왕이 웃으며 술을 내렸다.

◎ 정몽주가 간관 김진양과 저녁을 먹었다.

김진양이 말했다.

"대장군이 해주에 계속 머무르며 돌아오지 않고 있습니다. 어명을 가볍게 여기고 게으르게 움직인 죄를 물어야 할 것입니다."

정몽주가 물었다.

"뭔가 사정이 있겠지. 난 단 한 번도 대장군이 약조한 시간에 늦는 것을 본 적이 없네. 왜 해주를 출발하지 않는다던가?"

"아직 거기까진. 확실한 이유가 밝혀지면 즉시 말씀드리겠습니다."

정몽주가 김진양을 노리며 충고했다.

"간관은 어떤 죄도 따져 묻고 누구에게라도 벌을 주라

청할 수 있네. 자네의 공명정대함과 용기를 높이 사네. 하지만 작은 허물을 한두 개 찾았다고 대장군의 이름을 더럽힐 생각은 말게."

김진양이 물러서지 않고 받아쳤다.

"대장군을 모십네, 호가호위(狐假虎威)하는 자들의 욕심이 왕성을 뒤덮고 있습니다. 어제도 조준, 남은 등의 무리가 모여 대장군을 왕으로 옹립할 작당들을 했다고 합니다. 이 공공연한 일을 혼자만 모른다고 발뺌하진 않으시겠지요?"

정몽주가 뜻밖에도 웃으며 답했다.

"알고 있네. 대장군에게서 직접 들었으니까."

"직접, 들으셨다고요?"

"한 달에 한두 번은 몰려와서 귀찮게 조른다더군. 대장군은 단 한 번도 그들에게 힘을 실어 준 적이 없어."

"몇 번 미루고 거절하는 척하다가 결국 받아들이겠다는 수작 아니겠습니까? 역사엔 그런 광경이 수두룩합니다."

"함부로 역사를 끌어다 붙이지 말게. 천하의 시시비비를 공정하게 다루는 것이 역사이니, 권함과 경계함이 세세손손 분명해야 하네. 대충 뭉뚱그려 이러쿵저러쿵 논하는 것은 공자께서 『춘추』를 편수한 뜻에도 합당하지 않아. 마음으로 잠시 비교할 수는 있겠으나 저것은 저것이고 이것은 이것이네. 엄밀히 살피고 거듭 고민하여 흐릿한 기미조차도 놓쳐서는 아니 될 것이야.”

정몽주가 말머리를 돌렸다.

“대장군과 단둘이 대작한 적 있는가?”

“없습니다.”

“나란히 말을 달린 적은?”

“없습니다.”

“전쟁 중 죽어 간 이들을 위해, 아군이든 적군이든 가리지 않고 극락왕생을 빌며 기도를 올리는 모습을 본 적은?”

“없습니다.”

“그렇다면 함부로 수작 운운하지 말게. 대장군이 용상을 탐냈다면 벌써 그 자리를 차지했을 걸세. 그 전에 내게 동의를 구했을 게고. 누가 막을 수 있었겠는가. 경거망동하여 분란을 일으키지 말게. 시간은 우리 편이야. 이대로 삼사 년만 더 흐르면 용상에 욕심이 없는 대장군의 진심이 그들에게도 전해질 걸세.”

“대장군이 마음을 바꾸면 어찌합니까?”

정몽주가 잠시 생각한 후 답했다.

“가서 그 마음을 먼저 확인해야겠지. 하지만 그런 날은 오지 않을 걸세.”

술병 들고 놀러 가세! 제호조(提壺鳥)가 울었다.

구름이 와도 본래 마음이 없고 구름이 가도 문득 자취가 없는 나날. 밝은 창 검은 의자에 홀로 앉아 보낸 영주의 이틀은 다른 날들과 다름없이 안온하다. 홍건적이 왕성을 유린한 이틀도, 위화도에서 말 머리를 돌린 이틀도, 영주와 같은 변방 시골의 이틀을 어지럽히진 못했으리라. 이 당연함에 새삼 화가 났다. 그리하여 천하가 바뀌었단 뭇 역사서의 혁명담은 과장이다. 왕이 바뀌고 조정 대신이 달라지고 왕성을 지키는 군대의 장수가 교체된다 하여도, 혁명은 완성되지 않는다. 영주의 이틀이 바뀔 때까진 미진하고 미흡하다.

대장군의 낙마를 접하고 연이어 두 밤을 정좌했다. 곡기를 끊으니 몸도 마음도 바람을 닮아 하늘거렸다. 허공으로 아득히 떠올라 천하를 살피는, 이 모든 불운을 빠짐없이 막아 낼 방패들의 연.

대장군은 반드시 왕이 되어야 한다.

사전(私田)과 사병(私兵), 이 나라를 어지럽히는 두 가지 사사로움이다. 토지를 열심히 일구는 농사꾼이 배불리 먹고 편안히 살 수 없다면 그 나라는 없애야 한다. 군령(軍令)

대신 세도가의 명령만 따르는 장졸만 득실댄다면 그 나라 역시 없애야 한다. 충렬왕 이후 고려가 원나라의 지배를 받으면서 사전과 사병이 급속하게 늘었는데, 이를 바로잡고자 나서는 사람이 없었다. 혁명은 과거의 잘못을 바로잡는 데서부터 출발한다. 사전에 대해선 대장군도 이견 없이, 나와 조준의 주장에 힘을 실어 주었다. 문제는 사병이다. 구가세족(舊家世族) 중 음험한 이들이 엉뚱하게도, 이 나라에서 사병을 가장 많이 가진 이가 바로 대장군이라며 물고 늘어진 것이다. 물론 왕성에서 떵떵거리던 구가세족의 사병과 동북면에서 성장한 대장군의 기병은 다르다. 연전연승을 이끈 기병은 사사로운 욕심보다 대장군을 향한 존경과 의리로 뭉쳤다. 그러나 대장군이 이제 왕성에 거처하게 되었고 그 족친과 휘하 장졸 역시 왕성 안팎에 보금자리를 정했으니, 과거 사정을 자세히 모르거나 왜곡하려 드는 이들에겐 대장군 역시 구가세족처럼 사병을 거느렸다고 꼬집을 만하다. 이 문제를 해결하는 방법은 간단하다. 대장군이 용상에 오르면 대장군의 사병은 자연스럽게 나라의 장졸로 재편된다. 대장군이 삼군도총제부의 도총제사에 머물며 군권을 손아귀에 넣는 정도에서 그친다면 사병 혁파는 요원하다.

작년 5월 우군총제사(右軍總制使)를 그만두었을 때, 대장군과 이 문제를 논의할 기회를 얻었다. 만류하는 대장군에게 강병(强兵)의 첫걸음이 사병 혁파임을 천명하고, 이를 위해서는 큰 결심을 속히 하시라 권하였던 것이다. 대장군은 안타까운 표정으로 답을 미루다가, 나중에 함주로 나들이나 함께 다녀오자고 하였다. 이제 대장군은 해주에서 낙상하였고 나는 영주에서 무무(貿貿)한 촌 늙은이로 지내니 언제 함주로 가서 까마득한 세월 묵묵히 솟은 소나무 아래 나란히 설까.

원배(遠配)는 가혹하다. 절해고도가 아니더라도 왕성을 떠나 산림에 묻히는 순간 맹인에 귀머거리다. 급보를 듣고도 해주로 가지 못하니 곧 앉은뱅이다. 마음에 병이 많아시 읊기도 폐하니 벙어리가 따로 없다.

얼굴과 이름을 숨겨 길을 나설까 잠시 망설였다. 그러나 무사히 해주에 닿는다고 해도 대장군을 호위하는 이방원과 맞닥뜨릴 것이다. 세 치 혀로 이성계와 정몽주 그리고 나 정도전의 지난 시절을 요약할 순 없다. 아니 무엇이라고 답하든 이방원은 활시위를 당기기에 적합한 문장을 골라내겠지.

혁명의 길엔 일어날 수 없는 일은 없다. 아니 모든 일이 다 일어난 뒤 혁명은 완성된다. 피하고 싶으나 겪게 되는 가장 지독한 아픔은 뜻을 나누고 길을 도모하던 이들을 잃

는 것이다. 그 상처가 너무 깊어 견디지 못하겠다며, 시문
(詩文)이나 미주(美酒) 뒤로 몸을 숨긴 비겁자도 여럿이다.
쉰한 해, 많이 만났고 많이 헤어졌다. 많이 다쳤고 많이 죽
었다. 아침상에서 빈 숟가락을 든다. 죽은 자들은 사라지지
않고 숟가락 옴폭 파인 곳에 웅크려 모인다. 그 이름과 얼
굴을 하나하나 되뇌며 망자들을 삼키면서 여기까지 온 독
종을 한 사람 더 안다. 정몽주! 그는 오늘 아침에도 망각의
강 저편에서 이편으로 한 숟갈 한 숟갈 이존오, 박상충, 이
집, 김구용, 김제안을 옮겨 함께 거하였으리.

아는 것과 가르치는 것은 다르다. 으뜸 학자가 최고 선
생이 아닐 때가 훨씬 많다.

이성계와 정몽주와 나. 이렇게 셋이라면 더 험한 국면으
로 접어든대도 고민할 까닭이 없다. 우리 셋은 안다. 이성
계는 정몽주나 정도전을 죽이지 않을 것이고 정몽주는 이
성계와 정도전을 죽이지 않을 것이며 나 정도전도 이성계
와 정몽주를 죽이지 않을 것이다. 우리 셋은 안다. 혁명을
완성시키기 위해선 셋 중 하나도 숟가락 위에 서둘러 올라
앉아서는 아니 된다. 고려, 이 썩어 문드러진 틀을 완전히
뒤바꿀 힘과 법과 철학은 셋이 만든 삼각형 속에 놓여 있
다. 우리 셋은 안다. 차이는 필연이고 논쟁은 즐거움이다.
지금은 내가 물러나 한가하고 정몽주가 조정 중론을 이끌

지만 또 다른 날엔 정몽주가 물러나 한가하고 내가 조정 대소사를 챙기느라 분주할 것이다. 새로운 법과 제도와 기준 중에서 몇몇은 이성계를 불편하게 하고 몇몇은 한숨짓게 만들겠지. 하지만 우리 셋은 안다. 셋 중에 둘, 둘 중에 하나만 남는 길로 가면 혁명은 실패하며, 셋이 경계하고 다투면서도 믿고 의지하여 끝까지 상생하면 혁명은 완성에 가까이 다가가리라는 것을. 그러니 우리 셋은 안다. 우리 셋은 우리 셋의 편이다. 9년 전 함주에서, 혹은 그 이전 이성계와 마주 앉은 정몽주가 정도전 이름 석 자를 뱉은 날부터 우리는 아무도 가지 않은 불가능의 길을 함께 걸어왔다.

셋이라면 무언의 눈짓만으로도 아는 것을 이방원은 모른다. 이치를 따져 깨우치는 것만으론 부족하다. 이 젊은이는 나의 입장도 정몽주의 입장도 헤아리지 않는다. 아버지의 입장에 섰다 자임하겠지만 그 자리도 진정 이성계의 거처가 아니다. 이방원은 오로지 이방원의 입장에서, 우리 셋이 세운 뜻과 벌인 일들을 정리하려 든다. 그의 입장은 자명하다. 미래의 왕. 고려를 멸하고 아버지를 태조로 올린 뒤 그 뒤를 잇는 것 외엔 모든 것이 무익하다. 정몽주는 아직 유보적이지만, 나 역시 고려를 멸하고 대장군 이성계를 용상에 앉히고자 한다. 그러나 이 거사는 왕씨가 차지하던 자리를 이씨로 옮기는 일이 아니다. 고려를 멸하는 것과 이씨, 그러니까 이성계와 이방원이 대를 이어 왕이 되는 것은 자연스럽게 이어지지 않는다. 혁명의 목표는 이 젊은 이의 바람과는 아무런 상관이 없다. 이방원이 아버지를 모시고 우리와 함께 달려왔지만, 그와 나는 단 한순간도 같은 뜻을 나눈 동지였던 적이 없다. 그것이 동지로 10여 년을 보낸 우리 셋과 이방원의 거리다.

이방원이 받아들이든 아니든 이 거리를 나는 분명히 해두어야 한다. 이방원이 정몽주를 죽이겠다는 말은 나 정도전과 나아가 아버지 이성계에게까지 화살을 겨누겠다는 말과 다르지 않다. 하나가 아니라 셋을, 이 혁명의 삼각형을 지금 당장 무너뜨려야만 하는 근거가 무엇인가. 그 위에 세울 또 다른 혁명의 목표가 있기나 한가. 내가 왕이 되어야만 하니까 따위의 사사로운 욕심을 제외한다면.

다시 영주의 이틀로 돌아가자. 우리의 목표는 용상의 주인을 갈아치우는 것이 아니라 변혁의 기운이 이 작은 시골에까지 두루 미치는 것, 그리하여 어제와는 다른 오늘, 오늘과는 다른 내일을 이곳 백성이 느끼도록 만드는 것이다.

나는 좋은 선생인가. 배움의 터에서 자리를 바꾸며 평생을 보냈다. 목은 선생 문하에서 오래 배웠고 성균관에 들어가서 또 오래 가르쳤다. 나주에서도 배우러 오는 이를 물리치지 않았으며, 화산(華山)* 삼봉에서도 부평에서도 김포에서도 배움의 터를 열기를 주저하지 않았다. 상(庠)이라고 하든 서(序)라고 하든 학교(學校)라고 하든 그 이름은 중요하지 않다. 인륜을 밝히고 인재를 양성하는 교화(敎化)의 근본에서부터 이야기를 시작하지 않는다면 내 첫 문장이 뿌리박을 곳이 없다.

학교에서 보낸 날들은 즐겁고 진지하고 또한 뿌듯하였지만 그것이 전부가 아니다. 목은 학당이 단지 등용문에 오르는 과정에 불과했다면, 나도 정몽주도 또 많은 벗들도 이 자리에 이르진 못하였으리라. 젊은 학인치고 세상에 불만이 없는 자가 있으랴 하는 정도로 우리를 설명하긴 그때도 지금도 어렵다. 목은 학당은 분노의 공동체였다. 공맹지도에 몰두한 것도 이 분노를 넘어서려는 노력에 다름 아니었다.

포은이 보낸 문방사우로 이방원에게 보낼 첫 서찰을 마친 밤, 이매가 무지개를 등지고 왔다. 하늘이 맑을수록 꽃진 자린 더럽다. 서찰을 내밀자 이매가 받지 않고 품에서 이방원의 서찰부터 꺼냈다.

"먼저 읽으시겠습니까?"

---

* 서울 삼각산의 옛 이름.

"원하는 것이 더 적혔던가?"

"아닙니다."

"두고 가게. 나중에 봄세."

이매는 백마에게 물과 여물을 먹인 뒤 다시 해주로 떠났다. 대장군에 관한 전언은 없었다. 최악의 상황은 넘긴 것이다.

방으로 돌아와 등잔 아래 앉았다. 여전히 안온한 밤이었지만 또 어딘지 불편했다. 손에 닿지 않는 등짝이 가려운 기분이랄까. 그래서 이방원에게 서찰을 적을 생각까지 한 것이리라. 왕성에서 멀리 떨어져 있으니 뜻을 급히 전하기엔 서찰보다 나은 것이 없다. 그러나 또한 서찰은 마주 보고 나누는 대화와는 달리, 보내는 이의 뜻이 폭포수처럼 받는 이를 향해 일방적으로 쏟아진다. 받는 이가 쏟아지는 물줄기를 피하는 방법은 간단하다. 서찰을 그만 읽고 접어서 보이지 않는 곳에 쑤셔 박아 두면 된다. 나는 최대한 자제하며 쓰고자 노력했다. 첫 문장부터 속내를 드러내지 않으려 했고, 스물여섯 살 청년의 가슴과 눈동자로 문장의 깊이와 속도까지 고려하여 풀어 썼다. 시간이 서너 배는 더 많이 들었다. 서찰 하나로, 이 내 마음에 일렁이는 작은 불안을 씻을 수만 있다면 괜한 짓은 아니다.

이방원의 서찰을 뜯는 대신, 열 번이나 고쳐 쓰느라 던져 놓은 파지부터 챙겼다. 마지막 문장 하나를 지우는 바람에 정본이 되지 못한 초고가 제일 위에 얹혔다. 완벽해야 하리, 처음부터 끝까지. 내가 본 흠은 물론 보고 내가 지나친 흠까지 찾아 들이민, 배려를 모르는 당신이 고맙다. 진심이다.

이매 편에 이방원에게 보낸 서찰을 아래에 붙여 둔다. 숭고한 분노에 관한 탐구이기도 하다.

보내 준 서찰은 잘 받았네. 이심전심인가. 나 역시 자네에게 서찰을 띄우려던 중이었으이. 자네와 나, 함주 군영에서 처음 보고 9년이 흘렀네만 서찰 왕래는 처음인 듯하군. 물꼬를 트기가 어려운 법이겠지. 이제부턴 그동안 하고 싶었던 이야기들까지 모두 모아 도도히 흘러가는 강줄기를 만들어 봄이 어떠한가.

귀양살이 늙은이가 묘책을 내리라 기대하진 않으리라 믿네. 지금의 급박함과 불안함을 핑계로 장강의 흐름을 막고 물줄기를 좁히지 말란 충고도 기우일 테지. 광화문 동남쪽 흥국사에 아홉 동지가 모이기까지의 내력을 꼭 한 번 들려주마 약속했건만 차일피일 미루다 늦봄에까지 이르렀군. 아홉은 너무 번잡하겠지만, 대장군과 나 그리고 포은의 기연(奇緣)은 이제 자네도 분명하게 알 때가 되었다고 보네. 몇몇 단편은 추억하기도 했고 또 몇몇은 타인의 혀나 바람의 귀로 떠돈다네. 억측과 오해를 부르는 거짓투성이들이 행여 자네의 마음까지 흐려 놓지 않았을까 걱정이로군.

한 줄의 답을 원했는가.

늙은이의 잡설로 치부하진 말아 주게. 단 한 글자로 천하가 상쾌하게 통하는 날도 있었으나 또 구구절절 한 묶음의 이야기가 펼쳐진 후에야 납득이 되는 문제도 있으이.

분노에서부터 시작하고 싶네. 뜻밖일지도 모르겠군. 고드름을 쥔 듯 차디차게 맺고 끊는, 누구에게도 옆을 내주지 않는 들개처럼 냉혹한 사내란 평을 줄곧 들어왔으니까. 천지가 들끓을 때도 홀로 고요하게 개미무덤[蟻封] 같은 세상을 따지고 지우고 보태어 왔네. 열망으로 뜨거운 이들은 많으니 나 하나만이라도 감정을 비우자 다짐한 나날이 틀림없이 있었지. 그러나 모든 혁명은 분노로부터 시작되는 법. 나 역시 평생을 안고 온 분노를 두 가지만 우선 밝히지 않을 수 없겠군.

병부원외랑 최림(崔林)의 억울한 죽음이 그 첫 번째일세. 자네에겐 낯선 이름이겠으나 내겐 첫 스승이셨지. 일찍이 계사년(1353년)에 정동행성 향시(鄕試)에서 목은 선생과 나란히 급제하셨고, 원나라 중서당으로 회시(會試)를 보러 갔

다가 눈병을 얻어 시험을 포기하곤 귀국하셨다네. 병부원
외랑으로 근무하던 병신년(1356년) 신정을 축하하기 위한
사신으로 원나라에 갔다가 돌아오던 중, 요하에서 도적을
만나 일행 전부가 몰살당했으이.

참기 힘든 비보였네. 충성을 다하라며 고려의 왕 이름에
충(忠)이란 글자까지 억지로 갖다 붙인 원나라가 아닌가.
세상의 중심 천하제일국을 자처하는 그들이 우호와 선린
을 위해 방문한 사신단을 죽음에 이르도록 방치한 셈이라
네. 도적 떼의 극성은 원나라 변방 곳곳에서 빈번하여, 그
곳을 왕래하는 이라면 사신단이든 장사꾼이든 목숨이 위
태로웠던 걸세. 원나라가, 우리가 상상하듯 최강국이 아닐
수도 있다는 짐작과 함께, 그렇듯 양장구곡(羊腸九曲)* 위험
한 길로 사신들을 절기마다 보내야 하는 고려의 신세가 참
으로 한심했으이. 목은 학당에 입교하기 전부터 반원(反元)
의 기운이 내 안에 자리 잡은 셈이라네.

익재(益齋, 이제현) 선생과 목은 선생이 달랐고 목은 선생
과 그 문하생들이 또 달랐지. 원나라 곳곳을 오랫동안 유
람한 익재 선생은 넓은 땅과 거대한 힘을 자주 강조하셨다

* 촉으로 가는 길에 양장판이란 곳이 있는데, 양의 창자와도 같이 아홉 구
비로 길이 나 있다. 다니기에 매우 험난한 길을 가리킨다.

네. 『서정록(西征錄)』과 『후서정록(後西征錄)』은 자네도 읽어 보았으리라 믿네. 중원 곳곳을 여행하던 젊은 날의 초상화 한 점을 선생이 보여 주신 적이 있지. 귀밑머리까지 덥수룩하게 기른 새까만 수염, 돌과 바람의 냄새까지도 놓치지 않는 크고 뭉툭한 코, 빛의 잦은 명멸(明滅)에도 지치지 않는 눈, 그리고 그림에 담기진 않았지만 쉴 새 없이 적고 또 적는 두툼하니 긴 손가락까지, 열국(列國)을 두루 다닌 공자의 풍모가 그 속에 있었다네. 내가 평생 보지 못할 것들을 이미 봐 버린 자의 넉넉함과 여유 그리고 날카로움과 힘. 내가 경계라고 부른 산천을 하룻밤 묵고 가는 객점(客店)으로 만들고, 내가 끝이라고 부른 절벽이나 해안에서 비로소 첫 여행을 시작하였노라 대수롭지 않게 담담히 고백하는 여행가를 만나는 것은 얼마나 행운인가. 장단구를 몸에 밴 듯 읊고 나선, 여운처럼 말씀하셨다네.

"세상의 끝에 닿지 못했어. 끝이라 노래하던 곳에 이르니 길이 있더군."

선생이 아니었다면 우리가 어찌 중원의 서쪽 경계를 가늠이나 할 수 있었을까. 아미산으로 보타산으로 또한 탈사마(脫思麻, 도스마)까지 선생의 걸음은 정처 없었고 또 그 붓은 단 한순간도 쉬지 않았네. 선생의 여행시는 만 리 밖에서도 꽝꽝꽝 울리는 천둥이었어. 고려에서부터 원나라까지,

시간과 장소를 옮겨 가며 충선왕과 나눈 뜨거운 마음들을 잠깐씩 헤아리는 데만도 사나흘이 훌쩍 지나가곤 했지.

떠나고 싶었네. 백 년도 못 사는 인생, 먼 길 떠돌며 천 년 혹은 만 년의 기운 깃들인 풍광을 말과 낙타를 타고 혹은 걸어서 음미하다가, 내가 누구이고 어디서 왔는지 아무도 모르는 낯선 마을에서 숨을 거둔다 해도 억울할 일이 무엇이겠는가. 땅을 밟으며 아득한 여행을 하고 또 종이 위를 달리며 장단구까지 뽐낼 이는 천 명 중 한 명이 될까 말까라네. 고려가 개국한 후 많은 이들이 중원으로 떠났으나 여행시집으로 자신의 행적과 느낌을 소상히 밝힌 이는 오직 익재 선생뿐이었어. 그리고 너무나 당연한 귀결이겠지만, 먼저 가고 보고 듣고 마시고 취한 시간의 두께만큼이나 불변의 제국에 압도당한 자의 망연자실함이 선생의 시문에 묻어났지.

오해는 말게. 선생은 원나라의 추억에 사로잡혀 고려의 현실을 무시하는 꽉 막힌 분은 아니셨네. 종종 목은 학당에도 오셔서 넉넉하게 우리를 품어 주셨으이. 우리가 단지 시문으로만 접하고 상상한 곳들을 선생은 그 마을의 냄새와 바람의 세기, 흩날리는 먼지의 색깔과 사람들의 눈빛까지도 곁들여 소상히 가르쳐 주셨어. 함곡관, 고소대, 측천무후의 능이 코앞으로 다가왔다네. 그리고 언제나 유자(儒

者)의 입장에서 불제자들의 한심한 작태를 비판하셨지. 신돈을 경계하라고 가장 소리 높여 날카롭게 아뢴 이가 바로 선생이셨다네.

목은 선생은 이 나라 학자들이 편(編)하고 집(輯)한 서책에 더 관심을 집중하셨네. 원나라의 위대함은 끝을 알 수 없는 광야에서부터 비롯되는 것이 아니라 피부색도 종교도 말투도 제각각인 제국의 백성들을 품는 아량에서 시작된다는 입장이셨지. 가정(稼亭, 이색의 아버지 이곡) 선생과 목은 선생 부자(父子)의 노력으로, 우리는 만권당에 가지 않더라도 충분히 여러 서책을 읽고 공부할 수 있었어. 학당 서고에 처음 들어섰던 오후가 지금도 눈에 선하군. 최 병부시랑댁에서도 더러 춘추백가의 서책들을 구경하였지만 목은 서고는 그 방대함이 고려에서 으뜸이었어. 무슨 생각이 들었는지 아는가. 한문을 익힌 것이 참으로 고마웠다네. 이 문자를 익힌 덕분에 수천 년 축적된 지식을 내가 공부하게 되었으니까. 몽땅 읽어 치우고 싶다는 열망이 용솟음쳤다네. 서책들의 제목을 혀로 굴리고 표지를 손바닥으로 쓸며 걷다가 멈추고 또 걸었지. 공자가, 소동파가, 제갈공명이, 주희가 내 앞을 막고 서서 저마다의 목소리와 동작으로 말을 걸어오더군. 책을 펴지 않더라도 가슴이 벅차올랐지. 훗날 동학들과 만나서 학당 시절을 추억할 때면 대부분 이 서고를 가장 먼저 언급했네. 나처럼, 그곳에 머물며 마음을 다잡은 낮과 밤이 있었던 게야.

목은 선생에 관해선 따로 거론할 기회가 있을 테고, 또 탑전에 올린 글을 통해 자네도 짐작하겠지만, 이 점만 우선 밝혀 두고 싶으이. 서책 사이에서 너무 많은 시간을 보내다 보면 사람들의 중요한 차이가 사라지곤 한다네. 서책들이 책장에 나란히 꽂히듯, 죽고 죽인 자도, 평생 원수로 지내며 끝내 피범벅으로 끝난 두 가문의 이야기도, 너무나 평화롭게 아무 일도 아니란 듯이 문장 속에 가라앉아 버리지. 이것도 옳고 저것도 옳다, 이것도 그르고 저것도 그르다, 그렇게 문장 속에서 모든 걸 이해하고 받아들이지 말았으면 한다네. 서생이 서안 앞에 앉아서 편하게 서책을 넘긴다고, 그 서책을 지은 이들의 삶이 결코 평안하거나 고요하지만은 않지. 최근 목은 선생의 행보에 관한 안타까움이 어디서부터 비롯되었는가 곰곰이 따져 본 적이 있다네. 바로 그 서고더군. 우리가 그토록 아끼고 자랑스러워한 서고가 어쩌면 선생의 발목을 잡고 감각을 무디게 만들었는지도 몰라. 너무 슬퍼하지 않고 너무 화내지 않고 너무 원하지 않는 것이 중도(中道)라고 착각하지 말게.

세인들은 목은 학당이라 범칭하지만 우리가 모두 함께 모여 선생께 가르침을 받지는 않았네. 나이도 처지도 제각

139

각이었기에, 어떤 이는 매일 목은 학당으로 출근하다시피 나왔지만 어떤 이는 1년에 한 번도 오기 어려웠어. 목은 선생이 모든 서책을 가르치지도 않으셨지. 서고의 서책을 마음껏 빌리고 베끼며 시간을 보내되, 동학끼리 서로 가르치고 배우는 시간이 더 많았다네. 나를 비롯한 동학에게 『맹자』를 가르친 이는 포은이었어. 목은 선생도 『맹자』는 나보다 포은이 더 정밀하게 알고 또 잘 어울린다 하셨지.

맹자의 가르침을 집중하여 듣는 군왕들의 눈동자가 저러했을까. 다시 읽고 고쳐 생각하여도 포은의 날카로운 물음은 항상 뒷목을 뻣뻣하게 하고 마른침을 삼키게 만들었지. 명쾌한 설명을 모두 받아 적고자 마련한 두툼한 종이 뭉치와 미리 갈아서 따로 채워 둔 먹물들 그리고 붓들, 각자의 서안에 놓인 너덜너덜한 서책들, 오늘 가늠할 말씀들에 대해 서로의 비밀을 밝히듯 목소리 낮춰 소곤거리는 대화들, 빠르게 서책을 넘기는 긴 손가락들, 학당을 감싸고 도는 맑은 기운들, 햇살과 새들의 울음들. 이것들 하나하나가 우리를 근거 없는 자부심으로 이끌었지. 맹자의 아이들이란 비아냥거림에도 부끄러워하지 않았어. 기꺼이 맹자의 가르침을 따라 왕도를 구현하리라 다짐하곤 했다네.

원나라의 아량 따위 관심 밖이었어. 고려의 어린 왕자들을 원나라 수도로 끌고 가고, 자기들 맘대로 왕을 옹립하거나 폐위시키며, 고려 여인들을 고려 명마들과 나란히 공출하는 나라가 바로 원나라였네. 의주 강가에 줄지어 선 수천 필 진공마(進貢馬)들의 애절한 울음을 들은 적이 있는가. 말의 상(相)을 잘 보는 진(秦)나라의 구방고가 환생하지 않더라도 말들의 슬픔을 헤아렸다네. 점마(點馬)*를 마치면 압록강을 건너 타국으로 떠나감을 비록 미물일지라도 예감하는 것이지.

충혜왕의 참담한 최후를 자네도 들어서 알고 있겠지. 지금으로부터 50여 년 전, 원나라는 고려 왕성으로 사신들을 보내 충혜왕을 납치했다네. 용상에 앉은 왕을 무지막지하게 끌어내고 결박한 뒤 끌고 가 버렸어. 폐위당한 왕은 원나라 게양으로 귀양 가다가 악양에서 독살당했지. 이런 치욕을 당하고도 고려는 왕을 구할 장졸을 보내기는커녕 두려움에 벌벌 떨며 찍소리도 못했네. 분노가 들끓어 견딜 수 없었어. 고려를 개돼지처럼 부리는 것과 무엇이 다르겠는가.

한심함은 여기서 그치지 않는다네. 원나라에 충성을 맹세하고 보위에 오른 왕들 중 상당수는 어린 나이에 고국을 떠나는 바람에 고려의 말과 풍습을 잊었지. 원나라인 왕비

---

* 말을 점고하는 일.

의 치마폭에 싸여 원나라의 음식과 노래를 들으며 원나라의 눈으로 세상을 보았어. 원나라를 위해 고려의 온갖 보물을, 특히 여자와 준마를 갖다 바치고도 전혀 부끄러움이 없었네.

죽어나는 것은 백성이지. 부모는 딸들을 빼앗기지 않기 위해 이른 나이에 결혼을 시키기 시작했어. 이 와중에도 쓸개 빠진 몇몇 부모는 딸자식을 원나라 왕실이나 고관대작에게 바치고 벼슬이나 재물을 얻기도 했지. 내 딸이 원나라 왕비다, 내 딸이 원나라 재상의 아내다 운운하며 천하를 얻은 듯 거들먹거리는 꼴을 보노라면, 눈과 귀를 씻지 않을 수 없었어.

그 꼴을 당하고도, 멸망에 이르진 않았으니 이 정도면 다행이라며 정녕 자위할 수 있을까. 이런 나라를 과연 나라라고 부를 수 있을까. 어떤 동학은 그래도 공민왕은 제 목소리를 내고 있지 않느냐고 일말의 기대감을 드러냈지만 한계가 뚜렷했다네. 공민왕 역시 원나라 왕실에 의해, 두 번이나 기회를 놓친 후 노국대장 공주와 혼인하고서야 겨우 용상에 오른 인물이니까. 원나라가 대병을 이끌고 와서 용상을 내어놓으라 한다면 공민왕이 과연 삼별초처럼 싸웠을까.

나라가 독립된 꼴을 갖추지 못했는데 등용문에 오른

들 나아질 것이 무엇이겠는가. 우린 밤마다 공맹의 말씀과
『춘추』의 인물들을 거명하며 따지고 묻고 답하였다네. 슬
퍼하고 아파하고 분노하였다네. 충(忠)을 앞머리에 달고 원
나라의 꼭두각시 노릇을 하는, 고려의 말도 음식도 춤과
음악도 모르는 이가 용상에 앉아서는 아니 된다는 합의를
이끌어 냈지. 목은 학당의 서생들은 개인의 영달만을 위해
사서와 삼경을 파고들던 다른 사숙(私塾)의 서생들과 확연
히 달랐다네.

시묘살이를 마치고 성균관 학관이 되고 그 후로도 여유
가 있을 때마다 성균관에 들러 서생들을 가르쳤네. 총명하
고 재주 있는 이들이 많았어. 천하의 영재를 얻어 그들을
교육하는 것이 왜 군자의 삼락(三樂) 중 하나인지 깨달은 날
들이었지. 그러나 나는 그들의 좁은 시야와 얕은 고민을 질
책하지 않을 수 없었어. 무엇보다도 이 나라의 궁색한 상황
에 관해 슬퍼하고 또 분노하지 않는 모습에 실망이 컸다네.
사서와 삼경은 과거에 급제하기 위한 도구가 결코 아니라
네. 이 서책들 속에서 우리는 궁극적인 질문에 이르러야 해.
국가란 과연 무엇인가. 원나라 발밑에서 벌벌 떠는 고려를
과연 국가라고 인정할 수 있겠는가. 공부를 한다는 것은 근
본으로 돌아가서 의심하고 질문하며 자신의 눈으로 새롭게
천하를 정립하는 일이지. 과거에 급제하기 전이든 후든 따

지고 또 따져야 하는 일생의 과업과도 같다네.

이 꼴을 당하지 않으려면, 이 분노를 후손들이 느끼지 않으려면 어찌해야 하겠는가. 가르침 하나가 떠오르는군. 등문공이 이렇게 물었지.

"등나라는 작은 나라인데, 큰 나라인 제나라와 초나라 사이에 끼어서 끊임없이 시달림을 당하오. 등나라는 제와 초 중 어느 나라를 섬겨야 하오?"

이 우문(愚問)에 맹자는 명쾌한 현답(賢答)을 내놓는다네.

"백성과 함께 해자를 파십시오. 백성과 함께 성을 쌓으십시오. 백성과 함께 성을 지키십시오. 백성과 함께 싸우다가 죽을 결심을 하십시오. 그리하면 등나라의 살길이 보입니다."

친원파도 웃기는 소리고 친명파도 웃기는 소리지. 우린 오로지 우리 자신을 위해 싸워야 하네. 이 나라를 업신여기는 크고 강한 나라들과 목숨을 걸고 맞서야 해. 왕과 신하들이 앞장을 서고 백성이 따라야지. 그렇게 모든 것을 걸어야 이 분노를, 갑작스럽게 당하는 불행과 어처구니없는 죽음을 멈출 수 있어.

홍건적의 침탈이 두 번째 분노라네. 그들이 언제 국경을 침탈했고 또 어디까지 남하하였으며 얼마나 많은 이를 죽였고 또 얼마나 많은 재물을 빼앗아 갔느냐를 일일이 적을 필요는 없겠지. 단 한 가지 질문만 던지려고 하네. 타국(他國)의 침략도 아니고 한낱 도적 떼에게 쫓겨 왕이 왕성을 버리고 안동까지 피난 간 걸 어찌 받아들여야 할까. 도적에게 안방을 내어주고 헛간으로 숨어 버린 아버지를 아버지라고 부를 수 있을까.

전쟁은 어두운 것을 더욱 어둡게 하고 밝은 것을 더욱 밝게 만든다네. 삶과 죽음의 기로에서 사람들은 본마음을 드러내지. 적과 맞서 싸우다가 죽은 숫자만큼이나 많은 이들이 피난길에서 끔찍한 고생을 했다네. 빼앗기고 다치고 굶고 병들어 죽음에 이르는 시간, 백성들은 뼈저리게 깨달았지. 이 나라가 나를 보호하지 못하는구나. 지켜 주기는커녕 전쟁에 필요하다며 이것저것 다 빼앗아 가는구나. 이토록 약하고 비겁한 나라의 백성으로 과연 살아야 할까.

나 역시 왕성을 떠나 피난살이를 했다네. 땅을 요 삼고 하늘을 이불 삼아 누운 골목이나 벌판 혹은 숲에서, 분노에 치를 떠는 이들의 목소리를 들었네. 불행을 겪을 이유가 전혀 없는 사람들이었지. 단 한 가지 이유라면 그들이 홍건적이란 도적 떼에게도 유린당하는 고려라는 지극히 작은 나라에서 태어난 죄뿐이었어.

나라에서는 부랴부랴 도적 떼와 맞설 병졸을 모았지. 피난을 가다가, 집에 숨었다가 혹은 길거리에서 장졸의 행렬을 구경하다가 끌려나온 이도 있었네. 안타까운 것은 대장군의 기병들은 숱한 전투를 치렀음에도 사상자가 적은 반면, 이렇게 차출된 이들은 첫 전투에서 대부분 다치거나 죽거나 혹은 달아났다는 사실일세. 전술을 가르치지 않고 백성을 전쟁터로 데려가는 것은 그들을 버리는 것과 같다는 공자의 말씀 기억하리라 믿네. 난이 일어나기 전에 충분히 훈련을 하는 것이 중요하네. 징과 북과 깃발의 사용법, 나아감과 물러섬의 요령, 병졸과 장수가 신뢰를 쌓기까진 시간과 노력이 필요한 법일세. 이 나라는 아무것도 하지 않고 전투에서 이기기만을 바랐다네. 결과는 끔찍했어.

내가 제갈공명의 용병술과 사마양저의 병법에 관심을 갖는 것도, 진법을 미리 익혀 전쟁의 참화를 막아 보자는 뜻에서라네. 이제 거의 완성된 몇몇 병법을 자네에게 소상히 알릴 기회가 있었으면 해. 하늘이 금, 목, 수, 화, 토, 다섯 가지 재(材)를 만들 때 금이 처음이었다네. 바로 이 금으로 사람 죽이는 군기(軍器)를 만드니, 우린 당연히 금의 원리를 면밀히 공부하고 익혀야 하겠지.

도적 떼에게 나라를 유린당하는 것도 분통이 터지는 일이지만, 더 참혹한 지옥은 그다음에 펼쳐졌네. 정확히 말하자면 온통 썩은 상처가 전쟁과 함께 터져 버린 꼴이지. 그 지옥들 중에서 토지에 관해서만 적어 볼까 하네. 토지가 있고 백성이 있어야 거기서 부세(賦稅)를 거둘 수 있지. 3년 정도는 먹고도 남을 식량을 비축하지 않은 나라는 나라라고 부를 수도 없다고 했으이. 『대학』에도 이르지 않았는가.

덕이 있으면 이에 사람이 있고 사람이 있으면 이에 토지가 있고 토지가 있으면 이에 재물이 있고 재물이 있으면 이에 용도가 있다.

토지 제도의 원칙은 자네도 알 것이라 믿네. 모든 토지를 국가가 갖고 백성에게 두루 나눈 뒤 세금을 걷는 것일세. 이리 하면 백성들이 모두 농사를 지을 수 있고 빈부 강약의 차이가 거의 없으며 국가는 안정적으로 소출을 받으니 부강해지지. 그런데 권세가들이 토지에 대한 이용 기간이 끝난 뒤에도 계속 그 땅의 주인임을 자처하여 토지를 겸병(兼并)하니, 토지 하나에 주인이 예닐곱 명에 이르렀네. 부자들은 밭두둑을 끝없이 이어 댈 만큼 토지를 취하고 가난뱅이는 송곳을 꽂을 땅도 없게 되었다네. 1년 내내 땀 흘려 곡물을 거둬도 예닐곱 명의 주인에게 바치고 나면 굶어 죽기 직전까지 가는 게지. 그런데도 나라에서는 팔짱을 낀 채 방관했으니 백성의 원망이 오죽하였겠는가. 전쟁을 겪으며 곡물이 귀해지자 빈부 강약의 격차가 점점 심해졌다네. 굶어 죽는 이들이 속출했지. 농사를 짓더라도 끼니를 잇지 못하니 아예 야반도주를 하거나 부잣집 하인으로 들어가는 자들까지 생겼어. 농사가 만사의 근본이기에, 왕이 직접 밭을 일구는 것일세. 하지만 왕이 아무리 궁궐 안에 적전(籍田)을 두고 농사를 지어도, 저 호강자(豪强者)들은 농사를 전혀 짓지도 않고 곡물만 챙기니, 이 나라 백성이 어찌 넉넉히 배를 채우며 태평가를 부르겠는가.

토지 문제는 백성의 궁핍함으로만 연결되지 않네. 이 나라를 도적 떼나 강국으로부터 지켜 내는 기본이기도 해. 자공이 공자에게 정치를 어찌해야 하느냐고 물었던 적이 있네. 그때 공자께서 어찌 답하셨는지는 자네도 알지? 식량을 넉넉하게 하고 군사를 넉넉하게 하는 것이 곧 정치라고 하셨어. 국가는 군사에 의지해서 보존되는 것이고 군사는 식량에 의해 생존하는 것이라네. 단 하루라도 군량미가 떨어지면 이 나라를 지키지 못해.

전쟁이 끝난 후 백성의 분노는 냉담함으로 바뀌었네. 나라에서 의무로 부여하는 일 자체를 충직하게 따르는 이가 사라졌어. 하루 한 끼 먹기도 힘든데 그 외에 다른 일들을 어찌 감당하겠는가. 세금을 내지 않으려고 집과 땅을 두고 달아나거나 아예 국경을 넘는 이도 늘어났다네. 고려는, 위에서부터 아래까지, 분노로 들끓는 나라로 전락한 지 오래야.

나는 이 분노로부터 출발했고 이 분노 속에서 많은 것을 깨우쳤네. 분노로 인생을 끝마쳐서는 아니 되겠지만, 분노도 없이 혁명의 대열에 끼거나 이런저런 논변을 펼치는 건 대들보 없이 집을 짓는 것과 같지.

자네는 어떤 분노를 품었는가. 그 분노에만 집중하여 긴 이야기를 나누고 싶군. 상대의 분노를 모르고서야 어찌 그를 안다고 할 수 있으리. 귀양을 와서 이웃과 친해졌구나 여길 때가 언제인지 아는가. 예의를 갖춰 고분고분 말을 아끼던 그들이 자신의 분노를 드러낼 때라네. 말하는 이의 입장에 서서 분노의 뿌리를 찾아가다 보면 하룻낮 하룻밤이 금방 지나가 버리지.

세상에서 가장 어리석은 짓은 분노를 무턱대고 터뜨리는 것이야. 평생을 걸고 천천히 해결할 문제를 한순간의 화풀이로 취급해선 곤란해. 물론 나 역시 너무너무 미운 인간이 있긴 하다네. 앞길을 가로막은 자들이 어디 한두 명이었겠는가. 나를 귀양 보내라고 탑전에 글을 올린 이들이 누구누구인지는 자네도 알 걸세. 한심한 인간들이지만 나는 그들에게 분노하진 않네.

분노를 숭고하게 만들게. 단 한 번 그 분노에 값하기 위해선 오랫동안 속을 들여다보아야 한다네. 때론 그 분노를 잠재우기도 하고 때론 시들시들해지는 분노에 기름을 끼얹어야 할 때도 있지. 남들은 모르는 고독한 나날일 걸세. 하지만 공부란 것이 다 그렇지 않은가. 홀로 부여잡고 끙

끙 앓다 보면 어느 날 길이 열리고 답이 보인다네. 서두르
진 말게. 자네가 분노를 충분히 다스릴 수 있어야 비로소
누구와 손을 잡고 누구와 손을 끊어야 하는지 가늠할 수
있지. 오늘은 여기서 붓을 거두겠네.

6장

누워서 노닐다

◉ 3월 계묘일*

◎ 대장군 이성계가 계속 해주에 머물렀다.

◎ 왕이 왕성에 머물렀다.

화평문으로 나가 안화사를 둘러보고 선인문으로 돌아왔
다. 선인문을 통과하여, 태조가 심었다는 향나무 아래에서
잠시 머물렀다. 왕이 정몽주를 가까이 불러 앉게 했다.

"지난밤 잠이 오지 않아 신라에 관한 사서(史書)를 두루
읽었다오."

"사서를 읽는 것은 군왕이라면 잊지 말고 해야 하는 일
이옵니다."

---

* 1392년 3월 22일.

"지금이 신라의 마지막 왕인 경순왕 시절과 비교하여 어떠하오?"

정몽주가 왕의 시선을 피하지 않고 답했다.

"경순왕에 비교하는 것은 옳지 않사옵니다. 진흥왕이 신라를 중흥시킨 때처럼, 고려 또한 크게 융성할 것이옵니다."

"태조께서 이 나라를 세우시고 또 저 향나무를 심은 지도 500여 년이 가까웠소. 그동안 누적된 갖가지 어려움이 과인을 괴롭히는구려. 솔직히 과인은 그 문제들을 해결할 방안도 없고 자신도 없소이다. 짐작하건대 천년왕국 신라의 마지막 보위에 오른 경순왕이 과인과 같은 심경이 아니었을까 짐작하오."

정몽주가 고개를 들고 향나무를 잠시 우러렀다. 부러지거나 썩어 떨어진 가지들이 너무 많아서 햇볕을 가리기엔 역부족이었다. 눈이 따끔따끔 부셨다.

"저 향나무를 보시오소서. 세월과 함께 여기저기 상처가 깊사옵니다. 너구리가 지날 만큼 큰 구멍도 밑동에 뚫렸사옵니다. 강한 바람이 한두 차례만 불면 쓰러질 듯 위태로워 보이기도 하옵니다. 조정에서는 이 향나무를 지키기 위해 최선을 다하고 있사옵니다. 처진 가지에 버팀목도 대고 구멍이 더 벌어지지 않도록 조처도 하였사옵니다. 그러나 당장 향나무가 쓰러지리라고 단정할 수는 없사옵니다. 지난 달 안화사에서 입적을 앞둔 여승을 만난 적이 있사옵니다. 먼 친척이었기에 부득이 가서 차 한 잔을 마셨사옵니다. 아흔 살을 훌쩍 넘긴 그미가 향나무 이야기를 꺼냈사옵니다. 80년 전, 그러니까 여승이 열 살 남짓이었을 때, 안화사 주지 스님을 따라 선인문 안으로 들어온 적이 있다고 하옵니다. 그때도 향나무는 곧 쓰러져 목숨을 다할 것처럼 보였다고 하였사옵니다. 그리고 80여 년이 흘렀고, 향나무는 여전한데 자신만 늙고 병들어 피안으로 가니, 아마도 향나무는 500년을 더 버텨 1000년을 채울 작정인가 보다고 말하곤 웃었사옵니다. 그것이 그미의 유언이었사옵니다. 전하! 500년의 시간을 가볍게 여기시면 아니 되옵니다. 향나무는 인간들이 알 수 없는 방식으로 자신의 상처들을 보듬어 안고 수명을 늘려 왔사옵니다. 나무도 이와 같을진대, 고려와 같은 큰 나라가 회생할 방도가 어찌 없겠사옵니까?"

왕이 기뻐하며 되물었다.

"고려도 신라처럼 천년왕국이 될 수 있다 이 말이오?"

"지금이 중요하옵니다. 1000년의 허리가 곧 이 시절이기 때문이옵니다. 전하께서 선정을 펴시면, 고려는 1000년 아니라 2000년도 더 갈 힘을 얻을 것이옵니다."

"과인이 어찌해야 하겠소? 가르침을 주오."

정몽주가 기다렸다는 듯이 답했다.

"사찰로 행차하셔서 불공드리는 일을 절반으로 줄이시옵소서. 거리로 자주 나가셔서 백성의 고충을 헤아리시옵소서. 유시(油市)의 기름도 살피시고 마시(馬市)의 말 울음도 들으시옵소서."

"과인의 사찰 출입은 지금까지 관례에 비추어 많은 것은 아니지 않소?"

"백성을 살핀 연후에 부처도 있고 극락왕생도 있사옵니다. 나성 안에 사찰이 몇 개나 되는지 아시옵니까? 스무 개가 훌쩍 넘사옵니다. 나성 인근의 사찰까지 합치면 족히 마흔 개에 이를 것이옵니다. 관례 자체가 지나쳤다면 지금부터라도 고칠 필요가 있사옵니다."

"정도전처럼 아예 딱 끊고 가지 말란 소린 않으니 다행이오. 알겠소. 경의 충고대로 사찰 출입은 줄이고 시장 시찰은 늘리도록 하겠소. 과인이 신라 진흥왕처럼 고려를 중흥시키도록 진언해 주기 바라오. 자, 이제 궁으로 듭시다."

◎ 정몽주가 『사기열전』을 읽었다. 고려의 인물들 중 열전으로 남길 만한 이들을 따로 추려 이름과 행적을 간략히 적어 두었다. 「자객열전」에 이르러 한숨을 쉬었고, 「골계열전」을 넘기면서도 웃지 않았다.

귀가 시끄러워 잠을 깼다. 주룩주룩 늦은 봄비가 밤을 적시고 있었다. 곤잠을 쫓은 소리의 진원지는 언덕 너머 늪이었다. 개구리 울음이 밀려들어 살갗을 긁었다.

마루에서 코까지 골며 잠든 동자를 발로 툭툭 차서 깨웠다. 동자는 겨우 눈을 떴다가 마당의 어둠을 확인하곤 돌아누웠다.

"이토록 시끄러운데 잠이 오느냐?"

동자가 눈 비비며 마지못해 일어나 앉았다.

"뭐가 시끄럽다고 그러십니까? 조용하기만 한데요."

"귀가 먹어도 단단히 먹었구나. 저 개구리 떼울음이 안 들린다고?"

"들립니다. 하지만 조용한 밤입지요. 새벽이 되려면 아직 멀었습니다."

"들리는데 조용하다니? 말이 되는 소릴 하거라. 농담할 기분 아니다."

동자가 새끼손가락으로 귀를 파며 구시렁거렸다.

"살아 움직이는 것들은 모두 소리를 냅지요. 새들은 지저귀고 개들은 짖고 닭들은 꼬끼오! 새벽을 깨웁니다. 그 소리가 나린 시끄러우십니까? 비 오는 날 개구리가 우는 건, 개구리가 이 세상에서 팔딱팔딱 뛰어다니기 시작할 때부터 변함없는 짓입니다. 개구리 울음이 시끄러워 잠을 깼다는 사람은 이 마을에서 나리가 처음이고요."

"처음이라고, 내가?"

"내일 아침, 동네 사람들을 붙들고 물어보십시오. 어젯밤 개구리 울음 때문에 잠 못 든 이가 있는지, 잠들었다가 깬 이가 있는지. 단 한 명도 없을 겁니다. 도둑이 들면 개들이 짖지요. 자, 귀 기울여 들어 보십시오. 지금 개구리가 울어 댄다고 짖는 개가 있습니까? 개들도 그 울음을 자장가 삼아 깊이 잠든 겁니다."

정말 빗소리와 개구리 울음만 빼면 아무것도 들리지 않는 고요한 밤이었다. 동자는 맛있는 잠에서 깬 것이 억울한 듯 불쑥 물었다.

"이 세상을 가장 시끄럽게 만드는 소리가 뭔지 아십니까?"

"천둥소리?"

"아닙니다."

"폭포에서 떨어지는 물소리?"

"아닙니다."

"포탄을 쏘는 소리?"

"아닙니다. 굉장히 쉽습니다. 특히 나리가 답을 찾지 못하면 정말 이상한 일입니다."

동자가 검은 눈동자를 빙빙 돌리며 어서 답을 달라고 채근했다.

"모르겠어."

"그건 바로 나라님 말씀입니다."

"나라님 말씀이라니?"

"나라님 말씀 한 마디면, 고려라는 나라 전체가 흔들흔들 하지 않습니까? 나리처럼 과거에 합격하여 벼슬길에 나선 이는 그 말씀에 따라 재상에 올라 영광도 누리고 귀양을 떠나 처량하게 지내기도 합지요. 제가 나라님 말씀을 직접 가까이에서 들은 적은 없으나, 그 말씀이 세상을 가장 시끄럽게 한다는 건 압니다. 개구리 울음 따윈 비할 바가 아닙지요."

도롱이를 쓰고 개구리 울음을 향해 나아갔다. 뒤따르는 동자의 등을 밀어 새벽잠을 자라고 일렀다. 늪에 이르니 개구리 울음이 천하를 덮었다. 크고 작고 맑고 탁하며 낮고 높고 쌓이고 무너지며 또렷하고 흐릿한 울음이 내 안에서 웅얼웅얼 뭉쳐 울렸던 4년 전 새벽이 떠올랐다.

위화도에서 왕성으로 돌아가던 길이었다. 왕성까지 길어야 닷새쯤 남았을 때, 대장군은 내게 먼저 가서 팔도도

통사 겸 문하시중 최영을 만나 보라고 했다. 어떻게든 전투를 포기하도록 설득하고 항복을 받아 내라는 것이다.

"잊으셨습니까? 최영의 목부터 베자고 아뢴 사람이 접니다."

"삼봉이 가 줘야겠소. 마음 같아선 내가 단기필마로 달리고 싶으나 만류하는 이들이 너무 많다오. 삼봉이라도 가야 최 시중께서도 얼굴을 보여 주실 게요."

"최 시중을 위하는 마음을 어찌 제가 모르겠습니까. 하지만 이미 늦었습니다. 두 장수가 함께 죽을 수는 있으나 같이 살 길은, 없습니다."

"예단하진 마시오. 꼭 함께하고 싶다는 내 뜻을 정중히 말씀드리도록 하오."

미리 사람을 보냈더니 금교역에서 만나자는 답이 왔다. 세인의 눈을 피하여 새벽닭이 울기 전에 마쳤으면 한다고 했다. 황혼부터 빗줄기가 거세어졌고 사경(밤 1시~3시)에 금교역에 닿을 즈음엔 장대비가 퍼부었다. 역참엔 갑옷을 갖춰 입은 최영 외엔 군졸도 하인도 없었다. 그는 내게 갈아입을 옷을 챙겨 주었다. 도롱이를 썼지만 겉옷은 물론이고 속옷까지 흠뻑 젖었다. 나는 의관을 정돈한 뒤, 대장군이 손수 초고를 쓰고 네 번이나 퇴고한, 완곡하게 항복을 권하는 서찰을 꺼내 놓았다. 최영은 서찰을 집더니 겉봉을 열지도 않고 찢어 장대비 쏟아지는 마당으로 던졌다. 마구간의 말들이 긴 울음을 토했다.

"이러시는 법이 어디 있습니까?"

"꼭 읽어야 적장의 마음을 아는 건 아닐세."

적장! 두 글자가 가슴을 찔러 왔다. 역시 이 늙은이를 만나러 오는 게 아니었다.

"이성계에게 똑똑히 전해. 나 최영의 목을 베지 않는 한 왕성으론 한 걸음도 들어오지 못한다고."

나도 강하게 받아쳤다.

"아직 목숨을 건질 기회는 있습니다. 요동 정벌을 획책한 잘못을 인정하고……."

최영이 한 걸음 다가왔다. 한 걸음 다가왔을 뿐인데도, 장검이 내 목을 꿰뚫는 기분이 들어 싸늘했다.

"소진이나 장의처럼 세 치 혀로 세상을 농단하려는가? 이성계가 압록강을 건넜다면, 비록 그가 요동에서 패퇴하더라도, 우린 죽는 날까지 함께했을 거야. 하지만 그는 위화도에서 말 머리를 돌렸고, 어명을 거역한 채 왕성으로 진격해 오고 있지. 이성계의 목적은 간명해. 나를 죽이고 금상을 보위에서 끌어내린 후 이 나라를 가지려는 속셈이지."

"전세는 이미 기울었습니다. 왕성의 장졸이 아깝게 죽거나 다치지 않았으면 합니다. 조용히 항복…….”

이번엔 두 걸음 다가왔다. 팔을 뻗으면 목을 움켜쥘 만
큼 가까운 거리였다. 나는 그의 시선을 외면하지 않고 되
쏘았다. 거친 숨소리가 빗방울처럼 뺨을 때렸다. 갈라진 흰
수염 속 목덜미엔 울퉁불퉁 사선으로 그어 내린 흉터가 조
롱박 모양 검었다.

“역도(逆徒)에게 자신의 추악한 몰골을 보여 줘야지. 스
스로 거울을 들진 않을 테니까, 내가 그의 거울 노릇을 해
야겠군. 장졸만 거느렸다고 제 놈 맘대로 이 나라를 차지
할 것 같은가? 어리석고 겁 많고 한심한 욕심쟁이 같으니
라고.”

패장은 변명도 많고 잡설도 길다.

“더 전할 말씀 없으십니까?”

항복하지 않는다면, 왕성을 부수고 최영을 생포하거나
죽이는 길뿐이다. 그다음엔 자연스럽게 지금 용상에 앉은
철부지의 잘못을 낱낱이 밝힐 기회가 찾아들리라.

“요동을 치는 것이 헛된 꿈인 것 같아? 언젠가 자네도
깨닫겠지. 땅을 치며 오늘을 후회하고 아쉬워할 날이 올
거야.”

“돌아가겠습니다.”

읍을 하고 밖으로 나와 말을 타고 역참을 떠났다. 그는

나를 부르지 않았다. 뒤통수와 등짝을 누군가 자꾸 당기고 만지는 기분이 들었다. 뒤돌아보지 않았다. 언덕을 넘은 후 도롱이를 벗어 던졌다. 장대비가 거짓말처럼 갑자기 뚝 그쳤다. 말을 멈추고 내렸다. 목덜미를 쓸어 준 뒤 몸을 절반만 돌려 바람을 등졌다. 어둠은 여전히 깊었지만 발 앞에 아주 넓은 벌판이 펼쳐진 것을 직감했다. 그 벌판으로부터 바람을 거슬러 내 두 귀를 향해 개구리 울음이 몰려들었다. 금교역에 내려 최영과 제법 긴 대화를 나누는 동안 단한 번도 이 울음을 들은 기억이 없었다. 사람의 말이 아니라 개구리의 울음으로 마음을 주고받았더라면 다른 결말을 만들었을지도 모른다는, 저 개구리들이 병졸로 변신하여 왕성을 지키면 이기기 어렵겠다는 한심한 상상까지 꼬리를 물고 찾아들었다. 그보다 더 웃기는 상상은 다시 말에 오르기 직전 떠올랐다. 벌판에 개구리들이 가득하다는 것은 착각이다. 발 앞엔 벌판이 아니라 깎아지른 높은 바위산이 우뚝하다. 이토록 끔찍한 울음은 벌판이 아니라 내 안에서 뿜어 나온 것이다. 두 귀로 온통 몰려드는 개구리 울음은 그 울음의 메아리다. 개구리 울음이 들리지 않을 때까지 미친 듯이 말을 몰았다. 고약한 새벽이었다.

작은 까마귀[小烏子] 권근의 꼼꼼함은 당하기 어렵다. 포은에서부터 많은 이들이 고려 왕성에서 명나라 경사를 오가며 『봉사록(奉使錄)』을 지었으나, 기사년(1389년, 창왕 원년) 6월부터 8월까지 입조하고 돌아온 소오자의 글만큼 누워서도 얼마든지 풍광을 상상하며 느낌을 살리는 문장[臥遊錄]에 이르진 못했다. 내가 이미 가서 보고 듣고 즐긴 곳인데도 소오자의 시에선 낯설었다. 내가 두 발로 걷는 동안 어두운 구름을 타고 하늘을 날며 마을과 산천을 두루 살피고 기록한 것은 아닐까.

소오자가 세상의 바뀐 형편을 모르고 목은 선생의 낡은 생각을 앵무새처럼 외워 댄 것이 안타깝고 안타깝다. 선생의 탁월함을 나 역시 부정하진 않지만 소오자의 숭앙은 지나치다. 언젠가 선생에 관한 의견을 구했을 때, 소오자는 오래 준비하고 거듭 외운 것처럼 머뭇거리지 않았다.

"일월보다 밝으십니다. 풍우보다 빨리 변화하십니다. 산악보다 우뚝하십니다. 강하(江河)보다 넓으십니다. 꽃보다 아름다우십니다. 새나 물고기보다 활달하십니다."

신창을 명나라에 입조시키려는 시도에서 한두 걸음 물러서라고 충고했지만 소오자는 스승의 뜻을 거스르기 싫다고 했다. 사람은 쉽게 바뀌지 않으니 앞으로도 비슷한 잘못을 범하리라. 때늦은 후회를 다시 만들지 않으려면 내가 나서서 까마귀의 하늘 길을 살펴줘야겠다. 이숭인이 정교하게 장식한 옥이라면 권근은 끝없이 펼쳐진 평원이다. 하나는 값이 비싸고 하나는 값을 매길 수 없다.

개구리 울음에 깨어 늪에 다녀오는 바람에, 새벽부터 등잔을 당겨 밝히고 읽기 시작했다.

비가 몹시 쏟아지던 6월의 여름 아침 금교를 출발하여, 평양성, 수주, 의주, 압록강, 탕참, 개주성, 용봉참, 연산참, 감수참, 두관참, 요동성, 안산역, 우장역, 사령역, 판교역, 노구포, 십삼산역, 연산도역, 조가장역, 동관역, 사하역, 서천의 낡고 빈 성에 이른다. 성을 둘러싼 숲에서 들려오는 매미 울음에 취한다.

동자가 점심을 먹으라고 재촉할 때까지 방바닥에 등을 대고 빙빙 돌았다. 상상 여행이 경사에 도착한 후에야 허리를 접고 앉았다.

매미 울음을 뒤로하고 산해위 천안역으로 향한다. 천문진, 유관, 노봉역, 영평위 난하역, 칠가령역, 영제역, 계주 어양, 북평성에 이르니 곧 원나라의 옛 도읍지다. 나라는 망했어도 사방을 진압하는 장엄한 기운은 여전하다. 연대역, 연부 전의소, 단례문, 전선소, 통주 통진역에 도착한 밤에 말을 버리고 배에 오른다. 직고리에서는 남북의 두 물줄기가 합하여 바다로 흘러가는 장관을 구경했으며, 유하역, 창주 장로현, 전하역, 오교현 연와역, 덕주 안덕역, 사녀수점, 고성현, 무성현 갑마영역, 위가원, 갑구, 안산호를 지나 천상에서 내려온다는 황하로 들어선다. 운성현, 문상현 관하역, 영주성 남역, 어대현 곡정역, 패현 사정역, 서주 협구역, 형산점, 서주성, 방촌역, 비주 하비역, 간현 종오역, 청하구역, 회음역, 백마호, 범광호, 고우주, 의진현, 양자강을 따라 흘러 용강역에서 유숙한다. 밤에 금문이 열렸기에 봉천전으로 나아간다. 황제는 먼 길 온 고려 사신을 위해 회동관에서 잔치를 열어 준다. 사신은 황제가 내린 술을 한 방울도 흘리지 않고 모두 받아 마시며 즐긴다. 그리고 문화전에서 황제를 배알하고 새로 보위에 오른 고려의 어린 왕이 직접 경사까지 입조하기를 원한다는 뜻을 전한다.

아침 유람은 여기까지다. 동자가 밥상을 들고 오지 않았더라도 그칠 작정이었다. 물 흐르듯 이어지던 여행의 흥이 끊긴 것이다. 목은 선생은 왜 겨우 열 살에 불과한 신창을 명나라로 보내려 했던가. 명나라를 등에 업고 대장군의 기세를 누르기 위함이다. 소오자는 한심한 음모에 졸(卒)로 뽑힌 꼴이다.

점심을 먹고 잠시 도연명의 시집을 뒤적였다. 산과 바다를 호방하게 노닌 기록이라면 『산해경(山海經)』을 따를 작품이 없다. 도연명 또한 그 산과 바다에 사는 동식물과 괴이한 인간을 자세히 옮긴 그림까지 곁들여 보고 「산해경을 읽다(讀山海經)」열세 수를 남겼다. 시들에 기대어 서왕모의 얼굴, 곤륜산의 기운, 단목(丹木)의 노란 열매, 서왕모의 심부름꾼인 세 마리 청조(靑鳥), 아침마다 태양을 씻기는 단지(丹池), 해와 달리기 시합을 한 과보(夸父)가 황하의 물을 들이키는 장면까지 떠올렸다.

그리고 다시 『봉사록』으로 돌아와 왕성까지의 귀로를 훑었다. 황제는 용강에 있는 사신에게 고려의 어린 왕이 고생하여 입조할 것까진 없다고 명한다. 당연한 결정이다. 곧 가을과 겨울을 맞이하는데, 왕복 만 리 아득한 길을 열 살 아이가 어찌 감당하리오. 처음부터 목은 선생의 욕심이었다.

고려 사신은 의진현에서 뜻밖에도 명나라의 지휘관으로 남만까지 다녀온 김의를 만난다. 김의가 누구인가. 계축년(1373년, 우왕 즉위년)에 동지밀직사사에 오른 김의는 왕성에 온 명나라 사신을 호위하는 임무를 맡았다. 압록강 건너 개주참까지 배웅을 나간 김의는 명나라 사신 채빈을 살해한 후 요동의 실력자 나하추에게 달아났다. 고려 조정은 김의의 어미와 처를 상주의 관비로 삼았다. 나하추가 명나라에 투항하니 김의도 따라서 명군에 배속된 것이다. 명나라 사신을 죽이고도 명군의 지휘관을 할 만큼, 개개인의 삶이 구름으로 흐르다가 비로 내리다가 다시 안개로 깔리는 혼돈의 시절이었다.

고려 사신은 김의의 어미와 처가 관비로 전락한 소식을 전한다. 김의는 무표정하게 듣기만 한다. 귀밑머리에 이미 서리가 내렸으니 다시 그미들을 만날 일은 없으리란 얼굴이다.

누워 노니는 걸음을 바삐 했다. 고려 사신은 고우성, 회음역, 소금성역, 술양현 동양역, 홍국역, 상림도, 상장역, 부탄역, 도림역, 제성현 동관역, 구서역, 제교역, 황현 용산역, 등주 봉래역, 봉래각, 용신묘에 들러 무사 귀환을 빈다. 그리고 사문도에 잠시 머물며 순풍을 기다린 후 오호도를 지나고 여순 입구와 목장역, 금주, 패란점역, 마하포에서 잠을 잔다. 다음 날 새벽에 출발하여 복주역, 개주역, 안산역, 춘휘당, 수경당, 요동, 철장촌에서 하룻밤을 쉰다. 여기서부터 도라리까지는 고려의 말과 풍습이 통한다. 그들이 모두 고려에서 흘러나온 사람들인 탓이다. 그리고 드디어 압록강에 닿아 얼굴을 씻는다.

어둠이 어느새 좁고 누추한 방을 채웠다. 등잔을 밝히지 않고 저녁을 먹지도 않고 그대로 누워 한참을 잤다. 오늘 노닌 산과 바다 그리고 인간의 마을들이 뒤섞여 나타났다가 사라지고 또 나타나기를 반복했다. 이경에 깨어 냉수 한 바가지로 허기를 달랬다.

명나라의 힘을 과장할 필요는 없지만 과소평가하는 것은 큰 문제다. 원나라가 고려의 왕자들을 대도(大都)로 불러들여 볼모로 삼고 왕위를 자기들 멋대로 정하였듯이, 명나라라고 그리하지 말란 법은 없다. 명나라의 근황을 세세하게 살펴 의논해야 한다. 포은과 나와 그리고 소오자가 오간 이 길은 명나라의 모든 것이 고려로 오고 고려의 모든 것이 명나라로 가는 통로다. 통로를 모르고는 깊은 논의가 불가능하다. 고려에도 명승지가 많겠으나 이 머나먼 길의 어려움과 즐거움을 문무 신하들이 두루 알고 느꼈으면 싶다. 작은 도적 떼에 불과했던 무리가 대국으로 자라났듯이 고려도 번성할 수 있다. 이 변화를 살피지 못한다면, 고려도 나라 꼴을 잃고 도적 떼로 전락할지 모른다. 누워서 노니는 것이 꼭 노니는 것만은 아닌 이유가 여기에 있다. 상상만으로도 노닐 만큼 천하 만물에 익숙해져야 한다.

소오자와 함께 그가 지은 기(記)들을 읽던 밤이 떠오른다. 지금까지도 잊히지 않는 작품은 『고간기(古澗記)』다. 사람의 천성이 선함을 맑은 물에 비기는 것은 어제오늘 일이 아니지만, 그는 그 물을 구지(溝池)와 하해(河海)와 시내〔澗〕로 나누었다. 구지는 낮은 곳에 있기에 더러워지는 것을 면하기 어렵고, 하해는 넓고 크기 때문에 더러움을 받아들일 수밖에 없으니, 맑음을 유지하는 물은 산에서 높고 빠르게 흐르는 시내뿐이라고 했다. 오늘『봉사록』을 따라 노니니 그가 시내 같은 사람인 줄 더욱 알겠다. 시내 같은 사람이기에 세상의 더러움을 적군 대하듯 했으리라. 언젠가 소오자는 물욕과 관련하여 네 가지 극복해야 할 적을 내게 밝힌 적이 있다. 염치를 해치는 탐오(貪汚), 인(仁)을 해치는 가폭(苛暴), 공정을 해치는 아사(阿私), 정직을 해치는 편곡(偏曲). 넷 중 하나에게라도 굴복하면 물은 곧 흐려져 미꾸라지가 돌아다니는 늪으로 바뀐다는 것이다. 다음에 소오자를 만나면, 푸른 숲 속 맑은 시내 위 정자에 술상을 차리고, 오늘 하루 동안의 홀로 즐김〔獨樂〕을 들려주며 무진무진 취하리라.

　비가 그쳤다. 개구리 울음은 여전했다.

7장

천독 千讀

● 3월 갑진일*

◎ 대장군 이성계가 계속 해주에 머물렀다.

이른 새벽부터 목욕을 한 뒤 의관을 갖추고 마당에 서서 기다렸다. 대장군은 말을 타고 군영 밖까지 나가기를 바랐으나 이방원을 비롯한 장졸들이 만류했다. 통증이 끊이질 않았으나 표정은 온화하고 목소리는 단정했다. 그동안 세자가 몇 번이나 병문안을 오겠다는 뜻을 알렸지만 정중히 거절했다. 세자가 도착하자 대장군이 먼저 무릎을 꿇고 벌을 청했다.

"소장이 몸을 제대로 돌보지 못하여 저하께서 아직도 왕성으로 돌아가지 못하셨사옵니다. 벌을 내려 주시오소서."

_____

* 1392년 3월 23일.

세자가 놀라며 급히 다가와선 부축하여 일으켜 세웠다.

"아버지처럼 받들라는 어명을 받았습니다. 대장군의 잘못이 아닙니다. 오히려 제가 변변찮은 감환을 앓는 바람에 크고 작은 일들을 어지럽혔습니다. 대장군께서 낙마하여 다치지 않으셨다고 해도, 감환을 다스리느라 저는 왕성으로 돌아가지 못했을 겁니다. 앞으로 많은 가르침을 내려주십시오."

"변방의 무지한 장수가 어찌 저하를 가르칠 수 있겠사옵니까. 다만 이번에 명나라에 다녀온 경험을 잊지 마시오소서. 고려 안의 일만 살피지 마시고 드넓은 세상의 흐름을 파악하고 익히시오소서."

"알겠습니다. 그리하겠습니다."

나란히 앉은 후 세자가 말을 이었다.

"명나라 황제께서도 비얀테무르왕〔伯顔帖木兒王, 공민왕〕 시절 대장군의 무용을 잘 알고 계셨습니다. 특히 왜구를 물리치고 대승을 거둔 운봉을 비롯한 몇몇 전투에 대해선 명나라 장수와 학자들을 불러 따로 의논까지 하셨다고 합니다. 명나라도 왜구의 침탈 때문에 피해가 막심하더군요. 대장군이 10년만 젊다면 청하여 명나라의 장수로 삼고 싶다고까지 하셨습니다."

"소장보다 최영 장군의 공이 더 크셨사옵니다."

어색한 침묵이 깔렸다. 위화도에서 돌아와 최영을 포박하고 귀양을 보냈다가 끝내 죽인 후론 누구도 그 이름을 꺼내지 않았다. 오직 대장군만이 최영을 거명하며 그리움과 존경을 표시했다.

"많이 불편하십니까?"

"아니옵니다. 이제 다 나았사옵니다. 식사를 마친 뒤 소장이 왕성까지 호위하겠사옵니다."

대장군과 세자는 함께 아침을 먹으며 명나라의 풍물을 이야깃감으로 삼아 환담했다.

대장군은 해주에서 출발하지 못했다. 세자를 호위하기 위해 갑옷을 갖춰 입고 마상에 오르다가 혼절한 것이다. 이방원은 급히 대장군을 군막으로 옮겼다. 정동국을 불러들여 급무 때문에 대장군이 해주에 며칠 더 머물게 되었음을 세자에게 알리도록 했다. 그리고 왕성으로 직접 가서 대장군의 부상 소식을 전했다.

◎ 왕이 왕성에 머물렀다.

경연이 열렸다. 강독관 이확(李擴)이 『대학연의』를 강(講)할 예정이었으나, 왕이 정몽주를 불러 배움을 청했다. 정몽주는 이확이 충실히 준비하였다며 사양하였지만 왕이 재차 강권하자 경연에 참석하였다. 대장군이 낙마하였다는 소식이 전해졌다. 왕이 어의와 약첩을 대장군에게 보내도록 했다. 왕이 정몽주를 가까이 앉게 한 후 물었다.

"대장군이 말에서 떨어지다니, 참으로 믿기 힘든 소식이오. 장차 고려의 앞날이 또 어찌 되리라 예상하오?"

정몽주가 막힘없이 답했다.

"사람들은 늘 세상이 어떻다느니 나라가 어떻다느니 하는 말을 즐기옵니다. 그러나 천하의 근본은 나라[國]에 있고 나라의 근본은 집[家]에 있고 그 집의 근본은 나 자신에게 있사옵니다. 나 자신을 바르게 하면 천하 사람들이 모두 내게로 돌아오는 법이지요."

왕이 고개를 끄덕이며 이어 하문했다.

"백성이 굶주리고 나라가 도적 떼로 어지러운 것은 관원들이 맡은 바 책무를 다하지 못해서라오. 누구부터 문책하여 일벌백계를 삼는 것이 좋겠소?"

정몽주는 물음의 숨은 뜻을 헤아리기라도 하듯 잠시 시선을 내렸다. 이어서 왕이 전혀 예상 못한 이야기를 들려줬다.

"친구에게 처자식을 돌보아 달라 부탁하고 대국으로 장사를 나간 이가 있었사옵니다. 1년 뒤 돌아왔더니 처자식이 추위와 굶주림에 지쳐 죽어 나가기 직전이었사옵니다. 어찌하시겠사옵니까?"

"친구와의 의를 끊을 것이오."

"군대를 통솔하는 장수가 있사온데, 군령으로 장졸을 다스리지 못하여 전투에서 패하였사옵니다. 어찌하시겠사옵니까?"

"해임시키겠소."

"그렇다면 굶주리고 아픈 백성이 곳곳에 넘쳐나며 민심이 흉흉하고 도적 떼가 창궐하는데, 왕이 정사를 제대로 펴지 못한다면 어찌해야 하겠사옵니까?"

왕이 좌우를 돌아보며 답하지 않았다.

◎ 정몽주가 이확을 앞세우고 찾아온 간관 김진양을 저녁에 만났다.

"경연에서 대장군의 낙마 소식을 들으셨다면서요? 해주를 떠나지 않은 이유가 명백해졌군요."

정몽주가 이확을 노리며 꾸짖었다.

"따로 도당에서 논의하기 전까진 경연에서 오간 말을 퍼뜨리지 말라 하지 않았는가?"

김진양이 이확을 변호했다.

"어차피 밝혀질 일입니다. 간관에겐 조정 대소사 중 어느 하나도 숨겨선 아니 된다고 강조한 분은 정 시중이십니다. 백성이 굶주리고 나라가 도적 떼로 어지러운 것은 관원들이 맡은 바 책무를 다하지 못함이니, 누구부터 일벌백계로 문책해야 하느냐고 하문하셨다면서요? 누굴 지칭한 것인지 가늠이 되지 않습니까?"

"경연에서 오갈 수 있는 평범한 문답이었네. 성현의 가르침을 배우고 익히는 자리였어. 함부로 어심을 예단하여 분란을 일으켜선 아니 되네. 그래도 궁금해하니 답을 줌세. 관원들이 책무를 다하지 못한다면 그 책임은 응당 도당을 이끄는 재상이 져야 하겠지. 내 책임이 가장 크다 이 말일세. 그러니 돌아가서 수문하시중 정몽주를 벌하라 청하는 글을 써서 속히 올리도록 하게."

이확의 표정이 어두워졌다. 김진양이 날카롭게 질문을 이었다.

"하늘이 주신 기횝니다. 정녕 모르시겠습니까?"

"듣기 싫네."

"「격옹도(擊甕圖)」란 그림을 아시지요? 송나라의 재상 사마광의 어린 시절 이야기입니다. 같이 놀던 아이 하나가 물이 가득 담긴 큰 항아리에 첨벙 빠졌지요. 다른 아이들은 어쩔 줄 몰라 하며 물러서거나 달아났지만, 사마광은 커다란 돌을 집어 들고 항아리를 단숨에 깨뜨려 아이를 구했습니다. 지금은 항아리를 깨야 할 땝니다. 그래야 이 나라를 구할 수 있습니다."

"난(亂)이라도 일으킬 기세군. 대장군이 돌멩이 하나로 쉽게 깨뜨릴 항아리라도 된다는 게야? 한산부원군의 말씀을 되새기도록 하게. 일찍 가더라도 너무 일찍 가서는 아니 된다고 하셨네. 닭이 울고 동이 터서 만물을 구별할 때까진 기다려야지. 아직은 밤중이니 수레를 밀 때가 아니야. 자중하게."

"정도전은 멀리 영주에 있고 이성계는 해주에서 낙마하여 다쳤습니다. 두 호랑이가 왕성을 비웠으니, 호랑이만 믿고 날뛰던 여우들을 몰아내야지요. 하룻밤이면 충분합니다."

"대장군이 낙마하기만을 호시탐탐 노린 듯하군."

"여우들을 몰아내는 것과 동시에 호랑이 사냥도 시작하는 겁니다."

"자네들에게 사냥 운운 놀림을 당할 분들이 아닐세. 문과 무의 기둥이야."

이확이 김진양에게 눈짓을 보냈다. 이성계와 정도전에 대한 정몽주의 믿음이 의외로 견고했던 것이다.

"나무라지만 마시고 찬찬히 살펴 주십시오. 괴물을 없애는 일은 저희들이 맡겠습니다. 호방하고 고결한 시중의 존함에 누가 되지 않도록 하겠습니다. 믿어 주십시오."

정몽주가 입장을 분명히 했다.

"자네의 울분은 충분히 헤아리고도 남음이 있네. 하지만 내가 정도전의 목숨을 원했다면, 작년 9월 봉화로 귀양 보내지 않고 더 무거운 벌을 내려 달라 청했을 것이야. 정도전은 왕성에서 멀리 떨어져 있으니 없는 사람과 같고, 대장군과는 긴밀히 협조하여 국정을 돌보고 있지 않은가. 이틀 전에도 설명했듯이, 대장군도 금상이 성군이 되시도록 받들자는 내 뜻을 받아들였다네. 거의 다 만들어 놓은 꽃밭에 멧돼지처럼 들어와서 어지럽힐 생각일랑 말게."

김진양이 물었다.

"이틀 전엔 대장군의 마음이 바뀌면 어찌하느냐고 질문을 드렸습니다. 오늘은 대장군의 몸이 바뀐다면 어찌하실지 여쭙고 싶습니다. 즉 대장군이 심하게 다쳐 위독하다든가, 더 나아가 해주에서 목숨을 잃는다면, 그땐 어찌하시겠습니까?"

정몽주가 짧게 답했다.

"낙마를 당했다는 소식뿐이네."

"중상을 입었더라도 조정에 그대로 보고하진 않겠지요. 꾀 많은 여우들이 아닙니까. 죽어 가는 호랑이를 굴에 감추고 일을 꾸미기 위해 시간을 벌 겁니다."

"억측은 말게. 대충 비슷하다고 얼버무려 일을 꾸며선 아니 되네. 공자께서도 낚시질을 하되 주낙으로 마구 잡지는 않으셨어."

김진양이 힘주어 말했다.

"내일이면 모든 것이 확실해지겠네요. 경상이라면 대장군이 세자 저하를 호위하여 선의문으로 들어올 겁니다. 중상이라면 모습을 드러내지 않겠지요. 하루 일찍 앞날에 관한 의논을 드리는 것이 여러모로 낫겠으나, 근거가 없다 하시니 내일까지 기다리겠습니다. 내일 대장군이 입성하지 않는다면 그때부턴 서두르셔야 합니다. 이만 물러가겠습니다."

결가부좌를 튼 시간이라고나 할까.

아침상을 물린 후 『맹자』를 일독했다. 땀이 등줄기를 타고 꼬리뼈까지 흘러 세 번 손을 씻었다. 몸도 마음도 달아오르게 만드는 책이다. 일찍이 포은은 『맹자』를 읽고도 주먹을 쥐지 않는다면 책을 잘못 읽은 것이라고 했다. 몇몇 군왕들이 『맹자』를 위험하고 또 위험하다며 금서의 첫머리에 올린 이유도 여기에 있다. 군왕이라고 하더라도 인(仁)과 의(義)에서 멀어지면 그에 합당한 벌을 받아야 한다.

황혼을 거닐려고 나섰다.『맹자』는 또한 없던 생각도 만들고 잊었던 생각도 되살리고 조그맣게 쥐다가 만 생각도 뭉게뭉게 부풀린다. 서안 앞에 앉아 있지 못하게 만든다.

시립문 밖에서부터 누렁이 한 마리가 쫓아왔다. 송아지만 하다. 돌아보면 무심한 척 딴청을 부렸지만, 이 길에 저와 나 둘뿐이니 바라는 것도 없이 따르진 않으리라. 내가 더디 걸으면 저도 더디 걸었고 내가 바삐 내달으면 저도 네 다리를 분주히 놀렸다. 멈추면 멈췄다. 50보보다 가까이 다가오지도 않았고 100보보다 멀리 떨어지지도 않았다.

마을에서 멀어질수록 녀석이 혹시 내 엉덩이 살점이라도 물어뜯지 않을까 걱정스러웠다. 완만한 언덕을 올랐다. 언덕바지에서 돌멩이를 하나 집어 들었다. 녀석은 눈을 끔뻑거리며 던질 테면 어디 던져 보란 식으로 길 가운데 서 있었다. 졸졸 따라왔다는 이유만으로 개에게 돌을 던지는 것은 지나치다. 녀석이 사람이라고 해도 돌팔매질을 할 것인가. 돌멩이를 내려놓고 언덕을 넘었다.

불그스름하던 기운이 점점 검어졌다. 산책을 접고 돌아갈까. 흘끔흘끔 고개를 돌려 누렁이를 곁눈질했다. 어둠에 젖은 누렁이는 황소보다도 크고 늑대보다도 사나워 보였다. 누런 빛깔에 담긴 착함, 둔함, 게으름은 사라졌다. 내리막길의 끝에서 누렁이가 달려오기 시작했다. 녀석이 뛰면 나도 달리리라 결심했지만 호랑이를 만난 하룻강아지처럼 꼼짝달싹 못했다. 타닥타닥 흙을 차는 경쾌한 소리가 가까워졌고 밀려드는 후회도 그만큼 커졌다. 다섯 걸음 앞에서 누렁이는 뒷발을 밀며 뛰어올랐다. 나는 눈을 질끈 감았다.

"아!"

누렁이는 내 어깨를 훌쩍 뛰어넘더니 도깨비처럼 나타난 동자에게 안겼다. 긴 혀로 동자의 뺨을 핥으며 꼬리를 흔들어 댔다. 비슷한 또래 아이가 둘 더 있었다. 바지를 무릎까지 접고 웃옷은 아예 벗어 어깨에 돌돌 말아 걸쳤다. 물놀이를 마치고 돌아오는 길이었다. 누렁이가 여기까지 마중을 나왔단 말인가.

"네 녀석이 키우는 개냐?"

동자가 누렁이의 머리를 저만치 밀치며 답했다.

"아닙니다. 동네를 떠도는 놈이에요."

누렁이가 거머리처럼 동자에게 들러붙었다. 침이 뚝뚝 동자의 벗은 목덜미에 떨어졌다. 다른 두 아이도 누렁이의 뒷다리와 꼬리를 붙잡고 흔들며 즐거워했다. 누가 개고 누가 사람인지 구분하기 힘들 만큼 뒤엉켜 놀았다. 50보 이상 거리를 두고 나를 따르던 때와는 완전히 달랐다.

"주인도 아닌 너를 어찌 이렇듯 반기느냐?"

"찬 밥 반 덩이를 네댓 번 줬습니다요. 이래 봬도 기억력이 비상합니다. 한 번 거둬 준 사람에겐 꼬리를 치며 반깁지요. 나린 이 녀석에게 아무것도 준 게 없나 봅니다요."

"무작정 쫓아만 오니, 왜 그런지 따질 틈도 없었고……."

변명 아닌 변명이 동자들의 비웃음에 묻혔다.

"무슨 일이든 꼭 그렇게 따져 봐야 압니까? 척 보면 불쌍하지 않습니까? 쫓아오는 이율 알았네 몰랐네 따질 일이 아닙지요. 누렁이는 걸음걸음 도움을 청했지만 나리가 듣질 않으신 겁니다."

"도움을 청했다고? 하면 너는 척 보고 알아차렸단 말이냐?"

"그럼요. 배를 곯아 본 이라면 어찌 모르겠어요. 똑같은 눈길로 날 쳐다보는데. 나린 간절히 도움을 청한 적이 없나 봅니다. 녀석의 눈에서 아무런 느낌도 받지 못하셨다니. 오늘은 나리가 참 불쌍해 보이네요."

『맹자』 천독(千讀).

쇠귀에 경 읽기인 줄 알지만 멈추지 않고 권해 왔다. 맹자의 가르침이라면 알 만큼 안다는 도도한 그 표정은 이방원만 짓는 것이 아니다. 과거를 볼 때까진 『맹자』를 아껴 가까이 두다가 등용문에 오른 후론 잡설처럼 멀리 던져 둠을 자랑한다. 들으란 듯이 길고 까다로운 구절을 장단 고

저를 살려 척척 왼다. 군왕 앞에서도 꿇리지 않은 맹자의 기개를 강조하고자 목청을 높이고 눈을 부릅뜬다. '민(民)'이란 글자가 어디어디에 몇 번 나오는지, 또 그것이 『논어』와 어찌 같고 다른지 척척 갖다 댄다. 어리석다. 젊은 관원들은 아직 맹자를 읽은 적이 없다. 『맹자』는 시험 답안이 아니다. 삶의 기준이다.

눈을 감고 암송하면 점심 무렵에 끝내겠지만, 서른 살부터는 외우지 않고 한 글자 한 글자 손가락으로 짚으며 읽었다. 이른 아침에 시작해도 점심을 건너뛰어야 겨우 해가 지기 전에 마칠 수 있다. 귀양을 떠나오면서는 짐을 거의 꾸리지 않았지만 『맹자』만은 먼저 챙겼다. 아버지와 어머니 상(喪)을 연이어 당하고 시묘를 살 때 포은이 보내온 서책이다. 아침에는 무엇을 읽었는가. 저녁에는 또 무엇을 읽었는가. 세상을 살아가는 데는 많은 책이 필요하지 않다. 지금은 이 책으로 족하리라.

무덤가에선 더욱 느리게 읽었다. 맹자의 가르침을 처음부터 끝까지 옮겨 적고 깊이 따져 생각한 뒤 그보다 열 배 혹은 스무 배 긴 글을 지어 붙였다. 똑같은 전투가 없고 똑같은 바둑이 없고 똑같은 인생이 없듯 읽을 때마다 다른 단어나 문장이 눈에 들어왔다. 오늘 밤 화두로 삼을 문장은 이것이다. "대인은 아이의 마음을 잃지 않는 사람이다."

동자라고 어찌 두려움이 없었으랴. 누렁이가 작심하고 달려들면 급소를 물려 중상을 당할 수도 있다. 그러나 동자는 누렁이의 처지를 밝게 짐작하고 가엾게 여기는 마음이 컸기 때문에, 두려움을 이기고 도움을 줬던 것이다. 마음과 마음이 통하니 사람과 개의 구별조차 중요하지 않았다. 어른들은 지킬 것이 많다며 나누고 거리를 두고 벽을 쌓으려 든다. 사방이 뚫려 바람과 냄새와 또 짐승들이 자유롭게 오가는 곳에서 단 하룻밤도 편히 잠들지 못한다. 그러나 아이는 다가오는 모든 것들을 받아들이고 떠나가는 모든 것들을 아쉬워한다. 처음 만나는 것들이 낯설긴 하되 위험하다며 피하진 않는다. 먼저 마음을 열고 먼저 손을 내민다. 나 역시 아이의 마음으로 이 나라 백성을 만나고 싶었다. 나는 지금 어디에 있는가. 내가 품고자 했던 아이의 마음을 어디에 두고 왔단 말인가.

어제 지은 두 번째 서찰을 고치고 연이어 세 번째 서찰을 지었다. 둘을 하나로 합쳐 퇴고하며 군더더기 문장을 덜어 냈다. 둘이 더 나은 하나도 있고 하나가 더 나은 둘도 있다. 시와 시, 문과 문, 서찰과 서찰, 사람과 사람을 합치는 일은 처음과 끝만 이어 붙이는 것이 아니라 전부 다시 만져 가지런히 두어야 한다. 시간과 정성을 쏟아도 열에 예닐곱은 금이 가고 들쑥날쑥 얼룩이 진다. 갑자년(1384년, 우왕 10년) 이방원과 어울렸던 승천포의 밤이 떠오른다. 7월에 전의부령이 되어 9년 만에 복직한 직후였다. 계해년(1383년, 우왕 9년)과 갑자년에 함주를 두 차례 오갔지만 이방원과 따로 대화를 나눌 기회는 없었다. 대장군은 다섯째 아들의 글재주가 그나마 낫다며 기대하는 마음을 드러냈다. 이방원이 계해년 열일곱 살에 등과했으니, 무장인 아버지로서 어찌 자랑스럽지 않으랴. 왕성으로 돌아온 뒤 내가 먼저 부를까 했는데 이삿짐을 풀기도 전 아침에 이방원이 대문을 두드렸다. 그 밤 이후론 불러도 핑계를 대고 오지 않았으니 승천포에서의 이야기들이 아직 어린 그에게 불편했는지도 모르겠다. 간단히 납차(臘茶) 한 잔으로 환담을 끝낼 수도 있었으나, 이방원은 승천포에 미리 집을 빌려 두었다며 짧은 여행을 강권했다. 개성에서 강화도를 오갈 때 반드시 거쳐야 하는 포구가 바로 승천포였다. 약조도 없이 계획을 잡은 것을 꾸짖으려다가, 이방원이 아직 열여덟 살이며, 정중히 인사드리고 극진히 모시라는 대장군의 당부를 충직하게 따르려다가 생긴 일이겠거니 여기고 받아들였다. 회빈문을 통과한 후 본격적으로 말을 달렸다. 그 아버지에 그 아들이었다. 날렵하게 질주하던 이방원이 점점 더 속도를 높였다. 나를 시험하는 것임을 곧 알아차렸다. 내가 달리기

를 멈추거나 큰 소리로 도움을 청한다면, 이방원은 그제야
말 머리를 돌려 와선 문관을 배려하지 않았음을 사과하리
라. 시문과 무예를 겸비한 자신을 뽐내고 싶은 마음이 앞
섰던 것이다. 그러나 나는 말을 멈추지도 도움을 청하지도
않았다. 이방원과 나란히 달리기는 어려웠지만, 50보 이내
로 꾸준히 뒤따랐다. 9년 동안 팔도를 주유하며 말타기를
익혔음을 이 젊은이는 아직 모르는 것이다. 말이라도 타고
달리지 않고는 답답한 마음을 씻을 길 없었던 날들!

승천포에 닿으니 저물 무렵이었다. 강화도가 내려다보
이는 언덕 정자에 등잔불 밝히고 마주 앉아 술잔을 비우기
시작했다.

"힘드셨지요?"

"풍광을 음미하지 못함이 아쉬웠네. 급보를 전해야 한다
면 한달음에 내달리는 것이 옳으나 촉박한 공무가 없는 여
정이라면 봉우리도 살피고 계곡의 물소리도 듣고 우러러
구름의 무심함을 품는 여유를 두었으면 싶네."

이방원이 술잔을 비우고 말머리를 돌렸다.

"소문 들으셨습니까?"

성급함은 젊은이의 가장 약한 습성이다.

"금상이 요승 신돈의 아들이란……."

"왕성은 큰 고을일세. 없는 음식이 없고 없는 노래가 없

고 없는 이야기가 없지. 또한 없는 죄가 없는 곳이기도 하다네. 확실한 물증이 있는가?"

"금상의 어미인 천출 반야는 오래전에 사라졌습니다. 요승의 아들임을 감추기 위해 영원히 그 입을 막았다는……."

"그 역시 풍문이겠지? 반야의 시신이라도 발견되었는가?"

"함주로 아버지를 찾아오신 까닭을 듣고 싶습니다."

"늘 이런 식인가?"

"무슨 말씀이신지요?"

"함주에서 장군을 만난 이들의 속마음을 속속들이 알아내려 하느냐 이 말일세. 그 이유를 자네에게 들려줄 필요는 없는 듯하이."

"아버지를 돕고 싶어서입니다, 포은 선생님이나 선생님처럼."

"포은 형님과 나는 장군을 도울 뜻이 없네."

"예?"

이방원이 놀라 잔을 떨어뜨렸다. 술이 허벅지를 적셨지만 그는 서둘러 일어서거나 천으로 닦지 않았다. 나를 노리기만 했다.

"다시 말씀해 주시겠습니까?"

"도우려고 함주에 간 것이 아닐세. 포은 형님과 내가 장군을 도와 무엇을 하리라 예상했다면 그 기대는 거두게."

"그럼 왜 함주로 가신 겁니까?"

"뜻을 확인하기 위해서라고 해 두세."

"뜻이라면?"

"한평생을 어찌 살려 하는지, 올해를 어찌 보내려 하는지, 오늘을 어찌 이기려 하는지, 지금을 어찌 채우려 하는지."

"제겐 감추지 않으셔도 됩니다. 아버지의 힘이 필요하신 것 아닙니까? 지금 고려엔 아버지의 기병처럼 잘 훈련되고 용맹한 부대가 없습니다."

이방원이 넘겨짚으려 들었다. 전력을 다해 달려도 내가 뒤처지지 않을 때부터 그는 이미 안개 속으로 들어선 셈이다. 아직 나나 포은 형님이나 대장군과 뜻을 합칠 수준이 아니었다. 그 수준은 영원히 오지 않을지도 모른다.

"어리석군. 자넨 힘이 병사와 말과 무기에서 나온다고 보는가?"

"아닙니까?"

"돌아가는 대로 내일부터 다시 『맹자』를 읽도록 하게."

사경(四更)에 퇴고를 마쳤다. 잠이 오지 않아 앞마당을 거닐었다. 멀리서 개가 짖었다. 퇴고한 서찰을 아래에 둔다. 그 속에서도 밝혔지만, 늙은 혁명가가 젊은 혁명가에게

보내는 충고로 이방원이 받아들여 주었으면 싶다. '절망'의
가치를 되새기는 시간이 되기를.

　생각해 보았다네. 이 서찰은 누가 누가에게 보내는 것
일까. 정도전이 이방원에게? 죄를 짓고 유배 온 죄인이 벼
슬살이를 갓 시작하려는 신참에게? 아버지의 친구가 친구
의 아들에게? 모두 틀렸네. 이 서찰은 늙은 혁명가가 젊은
혁명가에게 보내는 글일세. 혁명이 나이 먹지 않는다는 걸
감안한다면 이 서찰은 혁명가가 혁명가에게 보내는 글이
라는 답이 나오겠군.
　솔직히 자네를 비롯한 대장군의 자제들을 걱정하는 목
소리가 진작부터 들려오긴 했지. 혁명가의 아들이 저절로
혁명가가 되는 법은 아니라네. 오히려 아버지의 고단하고
외로운 삶을 보며 자란 탓에, 은거하며 규준에서 벗어나지
않으려는 이들이 더 많지. 대장군의 아들들, 그러니까 자네
형제들만 살펴도 아버지처럼 살겠다고 나서는 이는 자네
뿐이지 않은가. 자네가 누군가를 만나서 고려라는 나라의
한심하고 썩어빠진 구석들을 비판하고, 자네가 누군가를
잡아들여 대장군 최영이나 신우, 신창을 지금도 그리워하
는지 따지고, 자네가 누군가를 만나서 수문하시중 포은의
정치가 느슨하고 희미하기 때문에 조정의 중론을 이끌 새

로운 인물이 필요하다고 주장하는 것도, 전부 혁명을 위해서라는 것을 나는 안다네. 그러나 아직 자넨 이해하기 어렵겠지만 누구와 손을 잡고 누구를 내쫓는다고 혁명이 완성되진 않아. 묻고 싶군. 혁명이란 무엇인가. 혁명은 어디서부터 시작하여 어떻게 완성되는가.

당겨 말하자면 나는 혁명 외엔 길이 없다고 처음부터 고집하진 않았네. 오히려 그 반대지. 9년 전 함주로 찾아가서 대장군을 만나기 전까진 혁명 외에 다른 방법이 없을까 고심했던 나날이었네. 혁명이 무엇을 먹고 자라는 줄 아는가. 절망이라네. 분노에 뒤이은 실패 그리고 절망. 이 셋을 반복하는 동안 혁명은 싹이 트고 뿌리와 줄기가 뻗고 가지가 펼쳐진 뒤 꽃이 피고 열매가 매달리지.

솔직히 적겠네. 자네는 혁명가인가. 모두 불가능하다며 만류하는 일을 도모할 때 진정 즐거운가. 오직 이 일만을 하기 위해 세상에 태어났다는 느낌이 드는가. 그 느낌은 끝이 아니라 단지 시작일 따름이라네. 없음으로 돌아갈지도 모르는 일에 도전하는 즐거움을 느끼지 못한다면 결코 혁명가가 될 순 없겠지만, 그런 즐거움을 느꼈다고 혁명가를 자처해선 아니 된다는 뜻일세. 그 사이에 거대한 성문이 있지. 둔중하게 닫힌 철문은 자네에게 요구한다네. 분노를 만든 실패와 절망의 순간을 층층이 보여 달라고. 그 외롭고 까마득한 순간들이 없다면, 자넨 혁명가가 되고자 애쓰는 혁명가의 아들일 뿐 혁명가는 아니라네.

물론 자네는 아직 스물여섯 살이고, 조정이든 군대든 자네가 책임을 지고 공공의 책무를 맡아 행한 적이 없으니, 세상 사람에게 알려진 실패는 없겠지. 내가 말하는 것은 누구나 아는 실패가 아니라 자네만 아는, 영원히 감추고픈, 두 볼이 벌겋게 달아오르는 실패라네. 성공을 믿어 의심치 않는 순간 날아드는 철퇴! 그때까지 공들인 시간이 헛일로 돌아가고 내 힘으론 해결책을 찾지 못할지도 모른다는 두려움과 자책. 그런 적이 있는가. 장담하네만, 대장군과 나 그리고 포은에겐 그와 같은 아득한 절망의 나날이, 내 삶이 여기서 끝나는구나 하는 느낌이 적어도 열 번은 넘게 찾아들었네. 유의미가 무의미로 순식간에 바뀔 때의 어지러움을 이겨 낼 수 있겠나. 충만을 위한 소멸을 감내할 용기 말일세.

어떻게 포은을 믿을 수 있느냐고 금상이 왕위에 오른 뒤 내게 물었었지? 내가 믿는 것은 포은의 인품이나 유창한 언변이 아닐세. 나는 그가 지닌 절망의 두께를 믿네. 나이 든 혁명가들이 왜 서로에게 관대한 줄 아는가. 세월 속에서 마음이 넓어져서가 결코 아니라네. 우린 일부러 시를 읊거나 검술이나 궁술을 자랑할 필요가 없지. 서로가 평생 품고 다닌 절망을 알기 때문이야.

위화도에서 돌아온 뒤, 회군의 길에 동참한 이들의 언행이 모두 마음에 드는 것은 아닐세. 자네가 부지런히 살피고 조사하여 대장군에게 올린 그들의 타락과 야욕과 허풍이 대부분 정확하리라고 믿네. 술고래가 되어 주점을 때려 엎은 이도 있고 관직을 약속하곤 재물을 받아 챙긴 이도 있고 남의 아내를 강제로 빼앗아 취한 이도 있지. 범법에 관해선 응당 처벌을 받아야만 하네. 하지만 그들을 법의 올가미에 묶는 것에만 혈안이 되진 말게. 왜 그들이 그리 엇나갈까를 고민해 보아야 한다네. 혁명에는 온갖 잡인들이 섞여들기 마련이란 변명은 저만치 접어 두세. 문제는 혁명 직전, 파국에 이르는 가파른 길만큼 그 이후가 가파르지 않은 탓일세. 대평원과 마주친 기분이랄까. 허무와 함께 지루함이 밀려들기 마련이라네. 절망이 바위처럼 두껍고 단단한 이들은 힘겹더라도 천천히 평원을 건너가겠지만, 절망이 그리 두껍게 쌓이지 않았던 이들은 눈앞의 즐거움을 쫓아 바람처럼 흩날리는 법일세. 그래도 나는 그들의 절망을 존중하고 아낀다네. 절망 없이 악행을 저지르는 자들과는 분명히 다르니까. 행여 자네가 그들을 잡아들이고 벌할 지위에 오른다면, 형전(刑典)을 뒤적이기 전에 그들의 절망부터 살피도록 하게.

전장에선 칼날처럼 엄격한 대장군도 회군 후 부하들의 실수는 듣고도 흘려 버릴 때가 많았지. 자네가 올린 문서를 꼼꼼히 읽고 나서 어찌하셨는지 되짚어 보게. 이름이 오른 이들을 모두 구정(毬庭)으로 불러 편을 가른 후 시합을 벌였다네. 따로 꾸중의 말씀은 없으셨지만, 그들은 대장군과 함께 말을 달리고 공을 치면서 허무와 지루함을 이길 힘을 얻었을 걸세. 자네도 동료나 부하들의 재주나 장점만 보지 말고, 그들 인생의 어두운 부분까지 넉넉히 품어 줘야 하네.

버금은 슬퍼. 평생 한 사람으로 인해 등수가 바뀌지 않을 땐 살의까지 느끼는 법일세. 자넨 기억에 남는 버금이 있는가. 사람들은 대부분 으뜸만을 기억하네만 나는 지금 당장이라도 역사에서 이인자로 남은 이들을 적어도 쉰 명은 적어 내릴 수 있으이.

포은과의 기연을 설명하지 않고는 대장군과의 만남에 이르기 어렵네. 앞서 보낸 서찰에서 분노의 학교를 언급했지만, 나는 또한 절망의 학교에도 자주 빠져들었지. 그때마다 포은이 먼저 손을 내밀어 공부할 화두를 던져 주었다네. 돌이켜 보면 나는 단 한 번도 포은의 처지를 살피고 배려하지 않았어. 이것은 단지 그가 나보다 다섯 살 위인 연장자이기 때문만은 아니야. 목은 학당 출신들 모두를 포은도 나처럼 대한 것은 아닐세. 이 각별함을 무엇에 비길까.

질투가 없었다면 거짓말이겠지. 오랫동안 어쩌면 지금까지도 나는 포은을 꼭 꺾고 싶으나 늘 패배하고 마는 강력한 인생의 적수로 여겨 왔다네. 강한 그가 나를 키웠어. 그가 서책을 파고들 때 나도 그러했고 그가 돈을 아끼지 않고 술잔 기울이며 취하였다가 잠시 깨어 시 주머니를 채울 때 나도 그러했고 그가 원나라에서 명나라로 바뀌어 가는 세상 흐름에 관심을 쏟을 때 나도 그러했고 그가 인(仁)만큼이나 의(義)를 강조하며 벗을 사귀고 동료들을 독려할 때 나도 그러했으이. 나는 그의 전부를 훔쳐보며 취하고 버렸지만 그는 나를 따라 하지 않았다네. 내가 문제를 풀고 멋진 의견을 낼 때도, 그는 딱히 말할 필요가 없었다는 듯 미소만 지었지. 그 과묵함을 가식이라 부른 밤이 얼마나 길었던가. 균형 잡힌 언설을 기교로 폄하한 여름이 얼마나 무더웠던가. 『대학』, 『중용』, 『논어』, 『맹자』, 『주역』, 『서경』, 『시경』, 『춘추』에 두루 밝았으니, 동방 500년에 이러한 이치를 아는 이가 몇이나 될까.

내가 아무리 노력해도 수제자는 바뀌지 않았어. 목은 선생이 확인해 주지 않더라도, 동학들은 함께 해결할 문제가 생길 때마다 가장 먼저 포은을 쳐다보며 의견을 구했으니까. 의견들을 모아서 명료하게 만드는 일도 포은의 몫이었지. 우러를수록 높아지며 뚫고 내려갈수록 단단해지는 사람, 방금 앞서 가는 것을 확인했는데 어느새 뒤에 선 사람이 바로 포은이라네.

목은 선생과 포은의 배려로 성균박사에 올라 서생들을 가르치던 가을이었지. 수업을 마친 빈 교실에서 포은에게 물었다네. 목은 학당 출신 중에서 누가 가장 시에 뛰어나냐고. 포은이 답했지.

"전아하고 미려한 시를 쓰기론 이숭인을 따를 자가 없네.『시경』의 흥(興)과 비(比)를 근본으로 하지. 물론 자네 시도 뛰어나네만."

그렇다면 문은 누가 돋보이는지 물었지. 그는 주저하지 않고 밝혔네.

"경술(經術)에 근본을 두되 백가(百家)를 두루 참고하여 풍성한 문장을 뽐내는 권근을 첫손에 꼽고 싶어. 물론 자네 문도 뛰어나네만."

실망이 컸다네. 적어도 시나 문, 둘 중 하나는 나도 포은에 버금간다고 자부했거든. 한데 포은은 이숭인과 권근을 으뜸으로 놓았지. 으뜸이 누구인지를 가리는 포은이 그들보다 더 낫다는 점을 전제하고 대화가 오간 것이니, 나는 잘해야 장원도 아니고 차상도 아니고 차하에 간당간당 매달릴 따름이었어. 훗날 조준이나 남은이 시나 문을 지어 포은에게 평해 달라 했을 때 그가 냉정하게 거절한 것은 그들에게 악감정이 있어서가 아니라네. 포은은 보고 느낀 그대로 말하는 위인이니까. 누구를 위한답시고 글의 수준을 높이거나 낮춰 보는 짓은 절대로 하지 않지. 실망한 내 표정을 읽었을까. 포은이 묻지도 않았는데 이렇게 덧붙이더군.

"자넨 우리 중 재상에 오를 자질이 가장 많아."

시와 문에 매진하기보단 혼탁한 세상을 바꾸려는 의지를 그때 벌써 알아차렸는지도 모르겠네. 물론 나를 그리 평가한 포은이 재상에 가장 어울리는 동학이었지.

절망의 학교에 입학한 학생은 나 하나였네. 그 학교를 소개하고 과목을 정하고 공부에 매진하도록 이끈 선생도 포은 한 사람이었어. 참으로 긴 공부였다네. 왜 퇴교하지 않았느냐고? 고통이자 축복이었기 때문일세. 절망으로 세운 학교에 입학했다는 사실 자체를 모른 채, 그저 시절을 잘못 만난 불운으로 치부하며 자포(自暴)하고 자기(自棄)한 자가 얼마나 많은가. 감당하기 힘든 절망이 밀물 지어 올 때마다 포은은 명쾌하게 내 등을 밀었다네.

"배움의 과정으로 받아들이게. 서책을 뒤지고 궁리를 하여 답을 찾아 헤매도록 해. 이 눈물을, 이 고통을, 이 울분을, 이 외로움을 누르거나 무시하지 말게. 오히려 그 속으로 들어가서 똑똑히 느껴야 되네. 그리고 이 모든 불행이 어디서부터 왔는가를 찾아내야 해. 하룻밤에 해결될 문제는 문제도 아니지."

그 누구도 처음부터 절망에 빠지진 않네, 처음부터 혁명을 꿈꾸지 않듯이. 혁명을 도모한다는 건 절망의 끝에 다다랐다는 뜻일세. 지금 여기의 사람과 제도로는 도저히 희망을 발견할 수 없다는 안타까운 확인. 그 확인을 할 때마다 내 곁엔 포은이 있었어. 가끔 스스로에게 묻기도 했지. 포은이 절망의 끝에 다다랐을 때 내가 그의 곁에 있었던가. 나는 그랬다고 믿네. 다만 나는 그것을 참지 못해 드러냈고, 포은은 내 울음 속에서 자신의 모습을 찾고 남몰래 얼굴 찡그린 정도일 테지. 지난 편지에서 홍건적의 침탈로 분노하던 시절을 적었네. 우린 죽음의 땅을 벗어나느라 경황이 없었지만, 포은은 벌써 거대한 절망과 이마를 맞대었지. 임인년(1362년, 공민왕 11년) 김득배 장군의 시신을 수습하여 장사 지낸 일을 자네도 들었으리라 믿네.

홍건적에게 침탈을 당한 것도 부끄러운 일이지만 큰 도적 떼를 물리친 세 명의 탁월한 장수 안우, 김득배, 이방실이 차례차례 척살된 것은 더더욱 부끄럽네. 삼원수를 모함한 간신 김용에게 모든 잘못을 돌려서는 아니 되네. 어느 때나 간신은 까불어 대기 마련이지. 김용이 세상 전체를 속이려 드는 것을 법과 제도로 막지 못했으니, 그때 고려는 나라도 뭣도 아니었던 걸세. 오직 포은만이 김득배 장군의 시신을 수습하여 장사 지내고 제문을 지어 바쳤네. 포은이 과거에 급제할 때 김득배 장군이 과거를 총괄하는 지공거였으니, 좌주와 문생의 인연으로 그리하였다고 깎아내리진 말게. 김득배 장군이 지공거를 맡았을 때 등용문에 오른 이가 포은 혼자만이 아닐 텐데, 오직 그만이 목숨을 걸고 탑전에 나아가 문생으로서의 도리를 다하고 싶단 뜻을 아뢴 것일세. 제문을 구해 꼭 소리 내어 읽도록 하게. 피가 솟고 애가 끓는 절창 중의 절창이라네. 절망이 차오르면, 억울하게 죽은 사람의 시신을 앞에 두고, 하늘을 우러러 이렇게 묻고 싶지 않겠는가. 아아, 하늘이여! 이 사람은 어떤 사람입니까.

살아남은 자들이 모두 삼원수의 덕분인데, 그들을 위한 개가(凱歌)가 사라지기도 전에 그 공이 피로 돌아온 것일세. 포은은 하늘에 묻고 또 묻는다네. 어찌합니까. 어찌합니까. 어찌 이럴 수가 있습니까.

포은의 두 번째 절망은 을묘년(1375년, 우왕 1년)에 닥쳤네.

그 전해 9월 공민왕이 최만생과 홍윤의 무리에게 시해당한 것도 큰 충격이었지. 신우를 용상에 앉히고 권세를 장악한 이인임은 명나라를 버리고 원나라와 관계를 회복하려 했네. 참으로 한심한 노릇이었어. 중원의 주인이 이미 바뀌었고 공민왕도 애써 명과의 우호를 돈독히 하였는데 하루아침에 판을 엎어 버린 셈일세.

성균대사성에 오른 포은을 중심으로 삼사좌윤 김구용, 전리총랑 이숭인, 예문응교 권근, 판전교시사 박상충 그리고 나 전의부령 정도전 등은 매일 만나서 대책을 강구하였다네. 그해 정월 판종부시사 최원을 명나라에 보내어 공민왕의 죽음을 알린 것도, 원나라로 가는 일체의 공문에 이름을 올리지 않기로 한 것도, 그렇게 머리를 맞대고 고민에 고민을 거듭한 끝에 합의한 사항들이었네.

포은은 이미 임자년(1372년, 공민왕 21년)에 서장관으로 뽑혀 지밀직사사 홍사범을 수행하여 명나라 수도인 경사(京師)에 다녀왔다네. 명나라가 촉(蜀)을 평정한 것을 축하하기 위함이었네. 서책을 통해서가 아니라 발전하는 명나라를 눈으로 보고 귀로 들을 수 있는 소중한 기회였지. 포은은 귀국길에 허산(許山)에서 큰 바람에 휩쓸려 바다에 표류하였네. 부서진 배와 함께 바다에 빠진 홍사범은 익사하였고 포은은 13일을 말다래를 베어 먹으며 작은 섬에서 버틴 끝에 겨우 목숨을 건졌다네. 명나라 황제가 이 소식을 듣고 포은 일행을 불쌍히 여겨 다시 경사로 데리고 가서 후하게 먹이고 입히며 돌보았으이.

갑자년(1384년, 우왕 10년), 명나라와 관계가 좋지 않을 때도 포은만은 환대를 받았지. 황제가 12년 전 포은의 고생을 기억하고 있었기 때문이라네. 갑자년엔 나도 종사관이 되어 왕성에서 경사까지 8000리 길을 포은과 왕복했으이. 포은은 확신하더군, 만리장성 첫머리부터 끝까지 천하의 주인은 명나라로 바뀔 것이라고.

일찍이 우리는 포은이 사행 중에 지은 시들을 통해 양자강의 풍광과 느낌을 받아들였네. 강남의 버들가지를 하늘하늘 황금실에 비긴 것도 포은이고, 황도(皇都)의 웅장함을 박진감 넘치게 담은 이도 포은일세.

우리가 중원의 사정을 소상히 적어 탑전에 올리고, 원나라와 손을 잡는 것은 말이 뒷걸음질을 치는 것과 같다고 아뢰었지만, 상황은 불리하게 돌아갔다네. 도당을 장악한 이인임의 무리는 우리가 올린 글이 탑전에 닿지 못하도록 중간에서 가로챘지. 그리고 거듭 원나라에 글을 바쳐 이윽고 사신이 고려로 오는 지경에 이르렀네. 이인임은 나를 지목하여 나아가 사신을 맞으라고 했고, 나는 내 앞에 원나라 사신이 보이면 당장 목을 베거나 포박하여 명나라로 보내 버리겠다고 받아쳤다네. 그들은 나를 전라도 나주 회진현으로 유배를 보냈고 그로부터 9년 동안 복직을 못했네. 이즈음 포은도 긴 글을 다시 올려, 공민왕의 유지를 받들어 명나라를 위하고 원나라를 버리는 것이 곧 천명임을 강조하였네. 그러나 포은의 뜻은 받아들여지지 않았고 언양으로 귀양을 떠나라는 명이 내려왔으이.

포은을 중심으로 반원(反元)의 기치를 높이 든 결과는 참담했네. 완패였지. 회합에 얼굴을 내비쳤던 이들 대부분이 관직을 잃고 먼 곳으로 귀양을 떠나야만 했다네. 그중에서 박상충과 전녹생은 귀양을 가다가 그만 숨을 거두고 말았지. 충격은 쉽게 사라지지 않았네. 이 나라가 역사의 흐름에 역행하는 것을 죄인이 되어 지켜볼 수밖에 없었지.

명의 화타가 환자의 시력을 되찾기 위해 금비(金篦)로 눈의 막을 긁어내듯, 큰 깨달음을 얻었다네. 아무리 옳은 주장을 편다고 해도 힘이 없다면 궁지로 몰려 죄를 뒤집어쓰고 죽임을 당한다는 것을. 사필귀정은 그저 앉아서 기다린다고 찾아오는 행운이 아니라는 것을. 더 이상 서책에 적힌 대로 정치가 돌아가리라 믿지 않게 되었어. 의(義)는 싸워서 쟁취하는 것이란 지극히 평범한 이치를 비로소 체득한 걸세. 우린 더 이상 철부지가 아니었어. 몇 마디 입바른 주장의 결과가 칼침과 피눈물로 돌아왔으니까. 힘이 없었던 우리가 조정에서 할 수 있는 일은 전무했다네.

나주에 내려간 나는 한동안 술에 취하여 잠든 날이 많았다네. 국화를 술잔에 띄우고 도연명의 시만 읊어 대며 시절을 한탄하며 지냈지. 그러나 포은은 달랐네. 우리 중에서 가장 먼저 절망의 늪을 빠져나온 이도, 그 깨달음을 바탕으로 새로운 싸움을 준비한 이도 포은이었으이. 홍건적에게 빼앗긴 왕성을 수복하기 위한 전투에 기병을 이끌고 참전하여 큰 공을 세운 청년 장수의 이름 석 자를 나도 듣긴 했으나, 그때부터 포은은 더 자주 그 이름을 내게 상기시켰다네.

대장군은 포은을 아꼈고 포은 역시 대장군을 좋아했네. 나이는 대장군이 두 살 위였으나 늘 포은을 벗으로 대했지. 나와 포은이 목은 학당에서 만나 서책을 읽고 토론하며 서로의 마음을 확인한 것과는 전혀 다른 방식으로 둘은 친해진 걸세. 삶과 죽음을 넘나드는 전쟁터에서 우정을 키웠으니까.

포은이 함주에 처음 간 것은 계묘년(1363년, 공민왕 12년)이었네. 좌주인 한방신 장군이 동북면도지휘사에 임명되었을 때 종사관으로 동행하게 된 것이지. 다음 해 갑진년까지 한방신 장군은 대장군과 힘을 합쳐 삼선과 삼개가 이끄는 여진의 무리를 패퇴시켰다네. 포은은 정예 기병들을 자유자재로 지휘하며 여진의 말과 풍습에도 능통한 청년 장수를 눈여겨보지 않을 수 없었지. 대장군 역시 후방에 머무르며 귀동냥으로 전투의 기록을 대충 얼버무리는 다른 종사관과는 달리, 병법에 밝고 군영 회의에 항상 참석하며 전쟁터를 떠나지 않는 포은을 지나칠 수 없었다네. 둘이 따로 마신 탁주가 열 동이는 넉넉히 된다더군. 춥고 또 추운, 어둡고 또 어두운 북방의 밤을 견디기 위해선 술과 벗이 필요한 법이지. 대장군은 선조가 북방으로 오게 된 사연부터 자신이 거느린 기병의 규모와 훈련 방법 그리고 압록강과 두만강 너머에 주둔하고 있는 적군의 병력과 배치 상황을 소상히 설명했네. 포은 역시 목은 학당에서 공부에 매진한 날부터 김득배, 한방신 장군과의 인연, 또『맹자』와 병법서를 탐독한 밤과 낮들을 들려주었어. 포은은 이 시절의 특별한 만남을, '잔혹'이란 단어를 예로 들어 자랑 아닌 자랑을 한 적이 있다네.

"'잔혹'은 서책을 뒤진다고 설명되는 단어가 아니라네. 팔이나 다리가 잘려 나간 여진족 포로 100여 명을 모아 놓은 겨울밤 이야기를 해 줄까. 아군의 피해도 극심하여, 포로들에게 돌아갈 밥도 물도 없었지. 상처에선 역겨운 냄새를 풍기며 고름이 계속 흘러나왔어. 아군 군영으로 돌아가려면 꼬박 하루는 눈길을 걸어야 했지. 성한 사람도 힘겨운 행군이니, 심각한 부상을 입은 포로들까지 끌고 가긴 어려웠어. 포로들을 어찌하나 살펴보았다네. 우선 언 땅에 큰 원을 그린 뒤 포로들을 그 속에 둥글게 모으더군. 등과 등이 붙고 무릎과 무릎이 닿도록 밀착시켰어. 그리고 기름을 끼얹은 후 불을 질렀지. 지옥이 따로 없었네. 여기저기 비명과 함께 불타오르는 몸들이 튀어나오거나 뒹굴기 시작했지. 포로들이 원을 벗어나지 않도록 장창을 든 병사들이 쿡쿡 찔러 댔다네. 고개를 돌린 채 찡그린 내 곁에 그가 와서 서더군. 그리고 타오르는 포로들의 불꽃을 담담히 쳐다보며 말했다네. '서서히 얼어 죽는 것보단 이쪽이 백배 낫소이다. 전쟁터에서 일합을 겨룬 자들에 대한 마지막 예의이기도 하고.' 그리고 말을 이었다네. '종사관으로 따라온 문신들은 열이면 열 모두 막사로 돌아가거나 주저앉아 엉엉 울음을 터뜨렸소. 포로들의 최후를, 저 타오르는 불꽃을 가까이에서 지켜본 종사관은 그대가 처음이오.' 잔혹이 예의임을 배운 밤이었지. 우리에겐 우리의 법도가 있듯이 그들에겐 그들만의 원칙이 있다네. 우리의 척도로 그들을 평하는 누를 범해선 아니 될 걸세."

경신년(1380년, 우왕 6년) 대장군이 전라도 운봉 전투에서 왜적 수천 명을 섬멸할 때 포은도 조전원수(助戰元帥)로 참전하였다네. 포은은 일본에 대한 지식 역시 풍부했지. 정사년(1377년, 우왕 3년)에 사신으로 일본의 도읍지인 패가대(覇家臺)에 가서 인품과 시문으로 일본인들을 감동시켰고, 잡혀갔던 수백 명의 고려인들과 함께 돌아왔으니까 말일세.

포은이 일본에서 열두 편의 시를 연이어 지었으니 찾아 읽어 보도록 하게. 풀은 천 리 잇달아 푸르고 달은 타향이든 고향이든 함께 밝다는 그 심정을 자네도 꼭 느꼈으면 하네. 명나라에서부터 일본까지 속속들이 아는 유일한 대신인 게야.

포은은 정삼품 판도판서를 맡아 공무에 바빴지만 도와달라는 대장군의 청을 듣자마자 곧장 왕성을 떠났다네. 대장군이 적장 아기발도(阿基拔都)가 쓴 투구의 정자를 연이어 맞혀 벗기자 이지란이 그 기회를 놓치지 않고 화살을 쏘아 죽이는 것을 포은도 곁에서 똑똑히 보았지. 임술년(1382년, 우왕 8년)에도 대장군과 함께 동정(東征)하였고, 이듬해인 계해년(1383년, 우왕 9년) 8월엔 동북면조전원수로 다시 대장군을 도와 단주에서 여진족장 호발도(胡拔都)의 무리를 섬멸하였어.

글과 말로 맺은 인연이 아니라 전투를 독려하는 큰 나각인 대라(大螺)의 긴 울음 속에서 피와 땀으로 다져진 관계일세. 계묘년의 첫 만남부터 계해년까지, 포은은 최영에 이어 이 나라 장졸을 이끌 혹은 최영과 의견을 달리하며 대적할 이로 대장군을 꼽기에 주저하지 않았다네. 포은이 종군하며 보낸 시들을 읽을 때면, 내가 그 자리에 없음이 한탄스러웠어. 군복을 입고 범을 쏘는 것도 보고 싶고, 가을비 맞으며 해동 끝이라는 단주성에 서고도 싶었네.

나는 나주에서 26개월 동안의 귀양을 끝마치고 천하를 떠돌았다네. 전라도의 섬들을 두루 구경하기도 했지. 다른 도는 강을 통해 왕성까지 이르지만, 전라도는 그때나 지금 이나 바다로 나아가야 조운(漕運)이 가능한 법일세. 지금이 라면 전주 가까운 진포(鎭浦)와 나주 가까운 목포(木浦)에서 출발을 하겠지. 왜구를 막기 위해 성을 쌓고 방비를 하였으니까. 하지만 그땐 포구 근처엔 성이 없어서 백성들 고생이 이만저만이 아니었다네. 내륙의 성에서 포구까지 조세를 바칠 곡물을 소와 말에 실어 옮겨야 했으니까. 다치고 죽은 사람과 가축들이 거리에 즐비하였다네. 왜구의 노략질이 시작되지 않았음에도 말일세.

학교를 옮겨 다니며 열고 서생을 가르치기도 했으나 허전한 마음을 채우기엔 부족했네. 을묘년(1375년) 포은과 나를 귀양 보냈던 이인임과 그를 따르는 임견미, 염흥방, 도길부 등의 위세는 하늘을 찌르고도 남음이 있었어. 백성들은 지옥이 따로 없다며 고통스러워했고 곳곳에서 민란이일어났고, 북원과의 미련을 버리지 못해 중원의 패자인 명나라에게 계속 의심을 샀다네. 암담하고 암담했으이. 당장이인임 일당을 삭탈관직하고 참형에 처한 뒤 명나라와의 관계 회복을 위해 진력해야만 했어. 필요하다면 왕이나 세자가 입조하여 그동안의 잘못을 사과하고 신임을 받아야 할 형편이었지. 그러나 이인임은 말 그대로 아무 일도 하지 않았다네. 다행히 최영이 국방을 총괄하고 대장군을 비롯한 뛰어난 장수들이 여진과 왜구를 잇달아 물리쳤기 때문에 겨우 나라 꼴을 잃지 않았던 셈일세. 특히 화포(火砲)를 만들고 화차(火車)를 거느린 최무선 장군의 위용은 대단했으이.

나는 꼭 한 번 대장군을 만나고 싶었네. 함부로 사람을 추천하지 않는 포은의 눈에 꼭 든 장수라면, 대의를 함께 도모할 수 있지 않을까 기대했지.

다시 강조하자면, 계해년 10월 내가 함주에서 대장군과 처음 만나자마자 마음을 터놓는 벗이 된 것은, 포은과 대장군의 돈독한 우정 덕분이었다네. 둘이 쌓은 큼지막한 신뢰의 배에 운 좋게 올라탄 게지. 포은은 함주로 가는 길이 얼마나 험한지 소상히 알려 주었네. 칼끝처럼 높은 철령의 산을 오르노라면 가을바람에도 두 귀가 꽁꽁 얼 테니 미리미리 두꺼운 옷을 챙기라 하였어. 먼 길 가는 나를 격려하며 시까지 지어 주었다네. 포은의 소개가 없었다면 내 어찌 쉽게 함주로 향할 수 있었겠으며, 또 대장군이 선뜻 나를 군막으로 불러 술과 음식을 풍성히 차리고 함께 대취했겠는가. 하늘도 늙었고 땅도 늙었고 바다도 늙었고 나무도 늙었노라. 젊디젊은 이는 당신과 나뿐이어라. 이것은 오롯

이 포은의 마음을 내가 읊은 것에 불과해.

대장군의 군막에는 두 달 전 포은과 함께 읽은 서책들이 놓였더군. 또 포은이 임시로 입었던 털옷과 모자도 내가 물려받아 썼다네. 친원(親元)으로 틀어졌던 역사의 물꼬를 바로잡고, 사리사욕만 채우는 사악한 대신들을 벌하여, 흉년과 왜구의 노략질로 도탄에 빠진 백성을 구하자는 의기투합은 또한 대장군과 포은 사이에서 충분한 의논을 거친 뒤였네.

갑자년(1384년, 우왕 10년) 7월, 나는 전교부령으로 복직되고 뒤이어 사신단에 뽑혀 성절사인 포은을 따라 명나라에 다녀왔다네. 종이 위의 세상을 오감으로 만나는 시간이었지. 보는 풍광마다 만나는 사람마다 충격이었다네. 포은은 서두르지 않고 내가 충분히 이국의 풍물과 정취를 알고 느끼도록 배려해 주었네. 일정이 급할 때는 놓치지 말고 반드시 가야 할 곳을 짚어 주기도 했고, 매일 밤엔 다음 날 닿을 곳의 역사와 지리를 상세히 일러 주기를 게을리하지 않았다네. 그가 들려주는 이야기와 그가 읊는 시를 통해 나는 내일의 만남을 너무나도 편히 준비했으이. 발해 고성의 새벽 북소리여! 안시성에 깃든 황혼의 기러기 떼여!

그가 권하는 비파(枇杷)며 앵두며 외〔瓜〕며 연근을 맛보았는데, 옥 같은 살 곱게 잘라 씹던 사탕수수〔甘蔗〕의 맛은 세상의 으뜸이라 지금도 침이 고이는군. 대장군과 포은의 강력한 추천이 없었다면 불가능한 일이었어. 두 사람은 내가 오랜 유랑을 끝내고 조정으로 돌아오게 만든 은인이라네.

무진년(1388년, 우왕 14년)까지 우리 셋은 수시로 만나 국정을 논하고 세상의 흐름을 평하였다네. 우리가 얼마나 친밀하게 지냈는지는 가끔 자네도 배석하였으니 긴 설명이 필요하지 않겠지? 우리의 모임에 대장군은 여러 자제 중 유독 자네만 데려왔네. 계해년(1383년) 4월 과거에 급제한 자넬 무척 자랑스러워하셨지. 무장 집안에서 등용문에 오르는 건 흔한 경사가 아니니까 말일세.

우린 이 긴 절망을 끝낼 방책을 두 가지로 정리했네. 하나는 이인임을 비롯한 간신들을 몰아낼 것, 또 하나는 명나라와의 관계를 회복할 것. 대장군 최영이 문제였네. 신우의 장인이기도 한 그는 장졸을 움직여 우리를 단숨에 척살할 힘이 있었네. 최영이 이인임 편에 선다면, 우리들의 앞날은 유배 정도로 끝나지 않을 것이니까. 이인임과의 친분이 워낙 두터운 데다가 고압적인 명나라의 국서를 탐탁지 않게 여기는 것도 선뜻 일을 도모하기 힘들게 만들더군. 나는 최영부터 먼저 제거하잔 주장을 폈지만 대장군과 포은이 명분 없는 짓이라며 반대했네. 대신에 포은이 지금 내치(內治)에서 가장 큰 문제가 되는 부분들을 최영에게 자세히 거듭 설명하고, 대장군이 진심으로 간신배 척결을 함께하자고 권하기로 했지. 무진년(1388년, 우왕 14년) 정월 최영과 이성계 두 명의 대장군이 힘을 합쳐 간신 임견미, 염흥방 등을 제거한 것도 오랜 숙의의 결과였으이. 위화도회군도, 신우와 신창을 신돈의 씨로 확정하는 일도, 금상을 옹립하는 일도, 명나라에 세자를 입조시켜 원나라와 완전히 단절하였음을 알리는 일도, 우리들의 오랜 준비 끝에 진행된 것이었네. 포은은 단 한 번도 이 길에 이의를 제기한 적이 없지. 신창 즉위 후 최영을 순군에 가두고 심문했을 때도 포은은 심문관을 맡았고 흥국사에서 폐가입진(廢假立眞), 즉 가짜 왕인 신우와 신창을 몰아내고 진짜 왕을 세우고자 할 때도 참석하였으니까. 이 과정을 거치며 우리는 우리가 원한 두 가지를 이루었다네. 간신들을 몰아내고 명나라와 돈독한 관계를 맺는 흐름에서, 각 사건마다 역할의 경중은 있겠지만, 포은이 대의를 벗어난 적은 단 한 번도 없다네. 이런데도 포은을 혁명 동지가 아니라고 제외시킬 수 있겠는가.

이제 대장군과 내가 포은을 위하는 이유를 헤아렸을 줄 아네. 포은과 나는, 우리가 힘이 없을 때 이 나라가 얼마나 최악으로 추락하는지 똑똑히 보아 왔다네. 왕을 바꾼다거나 신하 몇 명을 갈아치운다고 해결되지 않는다는 것을 누구보다도 포은이 잘 알고 있어. 부국과 강병을 위한 근본 대책을 절망의 경험을 바탕으로 만드는 중일세. 자네가 어떤 부분을 답답해하는가는 헤아리고도 남음이 있지만, 혁명가라면 일생을 모두 바쳐서라도 참을 땐 참아야 하는 법일세. 평생의 벗은 새벽별처럼 드물다고 했네.* 대장군과 포은은 언제까지나 내 마음에서 반짝일 걸세. 바다를 본 사람은 그것을 보지 못한 이들에게 물에 관하여 말하기 어렵다고 했으이. 물을 살필 때는 작은 시내가 아니라 큰 바다가 만드는 파란(波瀾)을 보아야 해. 더 크고 넓고 깊은 눈을 가지도록 힘쓰게나.

제법 길게 쓰고도 왠지 미진한 느낌이 드는군. 첨언할 문장이 있으면 다시 쓰도록 하겠네. 방금 장닭이 첫 울음을 길게 뺐었다네. 또 다른 새벽일세.

---

* 정몽주, 「밀양 박중서에게(寄密陽朴中書)」에 이런 구절이 있다. "평생의 벗은 새벽별처럼 드무네.(平生親舊曉星疎)" 박중서는 박의중이다. 이 시에는 김구용, 이숭인도 함께 언급되어 있다. 정몽주는 이 세 사람과 함께 공민왕 시절 성균관을 개창하고 학생들을 가르쳤다.

8장

쟁론

◉ 3월 을사일*

◎ 대장군 이성계가 계속 해주에 머물렀다.

세자가 무사히 왕성에 도착하였는지 물었다. 끼니는 물론 물까지 끊었다. 세자가 선의문을 통과했다는 보고를 접한 뒤에야 저녁을 먹었다. 첫 식사였다.

밤이 깊자 대장군은 숲으로 홀로 들어가서 누웠다. 밤하늘의 천문(天文)을 살피기 위함이었다. 동북면에서 나고 자란 사람치고 별자리에 밝지 않은 이는 없었다. 울창한 밀림에서 길을 잃으면 천문을 살피기 위해 하늘이 열린 곳으로 나왔다. 그리고 몇 개의 별을 확인하는 것만으로도 길 없는 길을 만들어 무사히 귀환했다.

---

* 1392년 3월 24일.

대장군은 고개를 돌리고 눈동자를 옮겨 별들을 찾지 않았다. 쏟아지는 별빛을 온몸에 받기만 했다. 눈을 아예 감고 별빛을 느꼈다. 아픈 곳은 더욱 아프고 슬픈 곳은 더욱 슬프고 부끄러운 곳은 더욱 부끄럽고 단단한 곳은 더욱 단단했다. 첫닭의 울음을 들은 후에야 숲을 떠나 돌아왔다.

◎ 왕이 왕성에 머물렀다.

세자가 왕성 가까이 이르자, 영접을 위해 도당은 금교로 나갔고 백관은 선의문 밖에 도열했다. 북과 나팔 소리 시끄럽고 색색 깃발이 하늘을 가렸다. 세자는 환대하는 백성에게 시선을 주지 않고 백관의 인사도 무시한 채 곧장 100보를 걸어 선의문을 지났다. 그리고 가마에 들어 오랫동안 쉬었다. 백성은 호위 장수에 대장군이 없음을 알고 의아해했다. 대장군의 낙마 소식을 미처 알지 못한 대신들도 귓속말로 묻고 또 물었다. 질문만 무성하고 답은 없었다. 이윽고 사신 행렬이 모두 선의문으로 들어가자, 정몽주가 돌아서서 후미를 따랐다. 다른 대신들도 묵묵히 정몽주에 이어 왕성으로 돌아왔다.

이숭인이 정몽주에게 다가와서 물었다.

"대장군이 보이지 않습니다. 황주에서 왕성까지 호위를 책임지지 않았습니까?"

"해주에서 처결할 일이 있어 잠시 남았다네. 곧 돌아올 걸세."

이숭인이 말을 할까 말까 망설이다가 다시 물었다.

"세자 저하를 모시는 일보다 더 중요한 일이 대체 무엇인지요?"

정몽주가 그 마음을 헤아리고 넘겨짚었다.

"무슨 이야길 들은 겐가?"

이숭인이 주위를 살피며 목소리를 낮췄다.

"섭섭합니다. 제게는 말씀을 편히 하셔도 됩니다. 낙마하여 다쳤다면서요?"

"동두자에게 들었는가?"

이숭인이 부인하지 않았다.

"널리 알려 좋을 일이 아닐세. 입조심하게."

"알겠습니다. 한데 대장군의 부상이 심하다면 큰일 아닙니까."

"어의가 약첩을 가지고 갔네."

정몽주가 말을 아꼈다. 이숭인이 읍을 하고 다시 물러섰다.

◎ 정몽주가 늦은 밤 도당에서 나왔다.

괴한들이 미행하기에 평소 다니던 길이 아닌 다른 길로

한참을 돌아서 귀가했다. 사랑채에서 김진양, 이확, 이내, 이감, 권흥, 유기 등이 만나기를 청하였으나 칭병(稱病)하고 물리쳤다. 김진양이 무리에게 말했다.

"수문하시중께선 늘 이런 식이라오. 정말 우릴 말릴 생각이셨다면 문을 열고 나와서 불같이 화를 냈을 것이오. 한데 병을 핑계로 자리를 피한 것은, 그 침묵에는 최소한 우리가 어찌하는지 지켜보겠다는 뜻이 담긴 게요. 최선은 아니지만 그렇다고 최악도 아니니 걱정들 마시오. 우리가 계속 뜻을 굽히지 않으면 시중께서도 못 이기는 척 우리 편에 서실 것이오."

"대장군과 정 시중, 두 분의 우의가 남다르지 않습니까?"

"낙마할 때 입은 상처가 무척 심각한 모양이오. 우리처럼 그쪽도 매일 모이고 있다오. 대장군이 왕성 밖에서 거동을 못하고 머무는 상황을 우리가 기회로 보듯, 저들도 또 다른 의미의 기회라고 판단할 가능성도 있소."

"또 다른 기회라면?"

"금상을 폐위시키고 대장군을 옹립할 기회."

좌중이 놀랐다. 김진양이 설명을 덧붙였다.

"그들은 이미 몇 번 건의했으나 대장군이 묵살한 바 있소. 대장군이 없는 틈을 타서 아예 일을 다 만들어 놓기 위해 바삐 움직이는지도 모르오. 우리가 먼저 쳐야 하오."

이확이 조심스럽게 물었다.

"우리만으로 될까요? 군권을 장악한 대장군과 맞서 이길 이는 없습니다."

"계획대로 정도전과 조준을 비롯한 대장군 쪽 신하들을 어명으로 참한다면, 대장군으로서도 어찌할 도리가 없을 게요. 손발이 잘려 나간 무장은 외롭고 힘을 쓰지 못하는 법이라오. 속전속결. 단숨에 밀어붙이십시다."

"저들이 반발하지 않을까요?"

"이 일에 필요한 장정은 우리도 모을 수 있소. 어명이 내려오고 나면 왕성을 지키는 장졸을 대동하면 되오. 명심하시오. 대장군이 왕성에 들어오기 전에 일을 마쳐야 하오. 저들이 죽느냐 우리가 죽느냐 둘 중 하나라오."

결의를 다지고 헤어졌다.

이방원이 왔다.

하루 종일 덥고 축축했다. 벌거벗고 찬물이라도 한 사발 끼얹으려 물바가지를 양손에 쥐었는데 말벌이 미간에 앉았을 때의 놀라움 그리고 그보다 긴 난감함.

이방원이 왔다.

이매와 망량을 쌍그림자로 거느리고 말에서 내렸다. 움직이는 답장이다. 문장이 놓일 자리에 사람이 섰으니 이제부터 무엇을 만들고 부술까. 서찰을 띄우고 몇 가지 반응을 예상했지만 직접 올 줄은 몰랐다. 불길한 징조다. 급하지 않다면 서둘러 달려오진 않았으리라.

당장 따지고 들 기세다.

"잠시만 숨을 돌리게."

"괜찮습니다."

"객(客)으로 왔으니 주인의 뜻을 따라 주게나."

부엌으로 잠시 들어가서 동자를 물리치고 직접 국화차를 소반에 올려 내왔다. 새벽에 마친 서찰을 곁들였다. 이방원이 차 한 잔과 서찰 한 통을 읽는 동안 이매와 망량을 데리고 동네를 돌았다. 급작스러운 방문의 배경을 파악할 시간이 필요했다. 먹장구름이 산허리에 걸렸다. 하얀 비가 내리면 여름이 시작될 것이다.

"어젯밤 늦게 어의가 도착했습니다."

"귀한 약첩도 내려왔습니다."

탑전에까지 대장군의 부상 소식이 전해진 것이다. 낙마 후 이레 만이다. 어의와 약첩은 왕으로선 당연한 수순이다.

대장군이 아니었다면 어찌 그가 용상의 주인이 되었겠는 가. 포은도 어떤 식으로든 움직이기 시작하겠지. 움직임 자 체를 불경스럽게 보고 막자던 이방원의 계획은 무산된 것 이다. 아니 어쩌면 하루 이틀 더 기회가 있다고 여길지도 모른다. 그래서 서두르는 것일까.

방으로 돌아왔다. 서찰은 소반 아래로 내려왔지만 차 는 그대로였다. 이방원이 해주에서부터 품었던 독기를 뱉 었다.

"정몽주, 그자가 경연에서 잇몸을 드러내고 웃었답니다. 강독관 이확이, 국경을 지키는 성곽과 같은 분이 다쳤으니 이 나라의 큰 손해라고 밝힌 뒤에도 기뻐하는 빛을 감추지 못하였다는군요."

나는 딱 잘라 기세를 눌렀다.

"한심한 얘길세."

이방원의 눈을 노리며 물었다.

"자네도 포은을 쉰 번은 넘게 만났겠군. 하나만 묻겠네. 그동안 포은이 공적인 자리에서 웃는 것을 본 적이 있 는가?"

"……없습니다."

"바위처럼 진중한 위인일세. 더구나 왕을 모신 경연장에 서 잇몸을 보이며 웃는 것은 불경의 죄로 다스릴 일이라네."

"경연에 참석하여 직접 그의 표정을 살핀 듯 말씀하시는군요."

"보지 않더라도 미루어 알 만해. 함께 보낸 세월이 30년이 넘는다네."

이방원이 그제야 식은 차를 단숨에 비웠다. 입이 더욱 썼다.

"점쟁이 흉내라도 내시는 겁니까?"

"경연장에서 포은이 지은 표정은 지금 내 표정과 다르지 않을 걸세. 황망하고 걱정이 앞선 탓에 미간은 좁아졌을 게고, 굳게 다문 입술은 너무 힘을 준 탓에 안으로 살짝 밀려 들어갔겠지."

"포은은 우리의 동지가 아닙니다."

편 가르기는 젊음의 특권인가.

"공자께서 전혀 하지 않으신 네 가지를 잊었는가? 모호한 것을 맘대로 결정하지 않으셨고 단언하지 않으셨고 고집하지 않으셨으니 아집이 없으셨네. 적이란 물증을 확보하였는가?"

"대감이 귀양을 내려온 것 자체가 물증입니다."

공식적으로 정리된 과정을 간단히 들려줬다.

"나는 성헌(省憲)과 형조(刑曹)로부터 논핵을 당했을 따름일세. 종육품 규정(糾正)을 꾀어 그동안 나를 비판해 온

대간(臺諫)들을 비방한 죄일세. 그나마 공신록에 이름이 올라 있어서 극형은 면했으니 감읍할 따름이야."

"대간 운운 따윈 핑계에 불과함을 아시지 않습니까? 대감을 비판한 관원의 면면을 보십시오. 목은과 포은을 아비처럼 따르는 자들입니다. 대감께서 작년에 목은의 목을 베라는 글을 올리지 않았다면, 어찌 이 험한 곳으로 원배를 오셨겠습니까. 사사로운 미움으로 작당하여 대감을 내친 겁니다."

문신 중엔 모든 일을 생사의 문제로 취급하는 이들이 의외로 많다. 대장군도 물론 전장에선 언행을 분명히 한다. 하지만 전투가 끝나면 내 편이 아니더라도 벌하지 않는다. 판단을 미루고 일단 끌려가기도 한다. 시간을 낭비하고 돈도 허투루 쓴다. 죽음의 문지방은 한 번 넘으면 돌아올 수 없지만 그 외엔 돌이킬 수 있다. 대장군의 너그러움은 전장을 아는 자의 여유다. 이도 저도 아닌 날들이 인생엔 훨씬 많다. 포은도 소싯적에 자주 내게 충고 아닌 충고를 했었다.

"부수려고만 들지 말게."

"곧 대감을 논핵했던 놈들이 움직일 겁니다. 아버지의 팔과 다리를 자르려 들겠지요."

"그래서 포은을 치겠다?"

"네."

"그다음엔?"

이방원이 즉답을 않고 쳐다보았다.

"파궁인가? 포은을 베고 왕을 죽이겠다? 그다음엔? 대장군이 용상의 주인이 되는 것? 그것일 테지?"

"그 길뿐임을 아시지 않습니까?"

이방원은 그와 나를 한 울타리에 넣으려 했다.

"결론이 같다고 모든 게 같은 건 아닐세. 힘으로 제압하여 나라를 차지한 예는 무수히 많지. 힘만 믿었다면, 위화도에서 말 머리를 돌린 날 새로운 나라를 세웠을 걸세. 하지만 말일세. 그렇게 용상의 주인이 바뀐다고 진정 새로운 나라가 탄생하는 것은 아니라네. 욕심을 버리게. 마음을 기르는 데는 욕심을 적게 갖는 것보다 더 좋은 방법이 없다고 했네."

"대감께서 바라는 진정 새로운 나라는 무엇입니까? 역성(易姓)으로도 채워지지 않는 그 나라가 궁금합니다."

"여기 배가 한 척 있다 침세. 선장은 게으르고 난폭하며 바다에 관한 지식도 전혀 없는 이라네. 파도가 두 길을 넘는데도 억지로 출항을 명령했고, 바다로 나간 선원들은 구사일생으로 항구까지 피신했지. 선원들은 그 밤에 선장의 목을 벴어. 부지런하고 자상하며 바다에서 평생을 보낸 갑

판장이 대신 선장에 올랐지. 선원들은 이제 다신 위험에 빠지는 일이 없으리라 기대했다네. 하지만 한 달도 지나지 않아서 배는 암초에 부딪혀 가라앉고 말았으이. 왜 그리 되었을까. 선장은 바뀌었으나 선원들의 삶은 그대로였던 걸세. 즉 선장은 이것저것 새로운 제안을 했지만, 선원들은 옛날 방식대로 나날을 보냈지. 제 욕심만 차리며 배의 물건을 빼돌리고 툭하면 편을 갈라 싸우고 꾀병이나 부리는 바로 그런 나날들."

"싹 뜯어고치면 되지 않습니까?"

"즉위할 때 그와 같은 의욕을 보인 왕을 100명도 넘게 열거할 수 있네. 가까이로는 공민왕도 원나라에 충성을 다하는 얼빠진 선왕들과는 다른 왕이 되고자 했지. 하지만 어디서부터 어떻게 손을 대야 할까? 뒤얽혀 전후좌우도 구별하기 힘들다네. 우선 보위부터 빼앗은 뒤에 나랏일은 천천히 해도 늦지 않다고 주장할 텐가. 아니지. 그땐 이미 늦어. 철저히 준비하여 한순간에 바꿔야 해. 위화도에서 말머리를 돌린 것은 혁명의 끝이 아니라 시작일세. 다시 말해 우린 아직도 혁명 중이지."

"설마 그 혁명을 포은과 함께하고 있다 믿는 건 아니시지요?"

곧장 약점을 물려고 덤벼든다. 이 열정이 낯익다.

"함께라는 두 글자가 어색하군. 당연히 포은이 그 일을 주도하고 있어."

이방원이 목소리를 높였다.

"대감! 집착을 버리십시오. 그는 이미 돌아섰습니다."

"돌아서다니? 어디로 말인가? 포은은 돌아설 곳이 없네. 자네만 전부를 걸었다고 착각하지 말게. 30년 넘게 같은 꿈을 꾸다가 겨우 1년 다툰 걸세. 나는 포은이 보여 준 열정을 믿는다네. 세월은 거짓말하지 않아. 물론 그와 내가 생각이 똑같다고 주장하는 건 아닐세. 하지만 부서지고 썩은 배를 멀리 떨어져 구경하면서 혀나 차며 잘난 체하지 않는 자세, 그렇다고 급히 달려들어 이곳저곳을 손보다가 곧 지치지 않고 전체를 조망하며 필요한 사람과 그 사람들이 꾸리는 조직을 가장 아래에서 위까지 세밀히 살피는 마음은 그의 것이자 나의 것이자 곧 대장군의 것이야. 설득하고 토론하며 슬기롭게 여기까지 왔네. 나는 이 상호 존중과 믿음을 끝까지 가져가겠네. 조금 더디고 조금 격한 쟁론을 벌여야 한대도 말일세. 자네도 우리 세 사람의 뜻을 존중해 주었으면 해."

"과거는 과거로 머물지 않습니다. 현재로부터 재편되는 겁니다. 수문하시중으로 조정을 이끄는 지금 포은의 입장이 중요합니다. 어떤 미사여구를 갖다 대더라도, 그는 아버지가 왕이 되는 길을 막고 있습니다. 왕씨가 왕 노릇을 계속하는 한 대감께서 그토록 바라시는 혁명의 완성은 이뤄지기 어렵습니다. 빨리 손을 써야 합니다."

"법과 제도에 대한 구상이 거의 끝나 가고 있네. 근일 포은을 만나 조율할 걸세. 솔직히 내겐 그의 지식과 혜안이 필요해. 둘이서 머리를 맞대면 열 배 아니 백 배 더 멋진 방안들이 마련될 거야. 궁금하다면 그때 자네에게도 알려 주겠네. 명검을 만들기 위해선 뜨거운 불꽃만으론 부족해. 수천 번 쇠를 때리고 또 때리는 이유를 두고두고 고민해 보게."

이방원은 이미 선을 긋고 왔다.

"반드시 꺼꾸러뜨려야 할 상대를 그냥 둔 채 이것저것 비교하고 평하며 세월을 헛되이 보내지 마십시오. 포은까지 품고 가자고 하시면 제 의심이 깊어질 겁니다."

참았던 화가 폭발했다.

"한심하군. 이렇게 말귀를 못 알아듣는가? 아니면 못 들은 척하겠다는 건가? 똥오줌 가리지 못하겠거든 그냥 가만히 있게. 어차피 위화도에서부터 금상에 이르기까지는 대장군과 포은 그리고 내가 감당할 몫이야."

"포은을 너무 착하고 순수한 서생으로만 얕보시는 건 아닙니까?"

이방원은 결국 이 물음을 던지려고 여기까지 온 것이다. 적이 없는 호인. 멀리서 포은을 대한 이들은 넉넉하고 과묵한 인품에 반하여 독한 기운을 느끼지 못한다. 그러나 포은이 정말 일개 서생에 불과했다면, 권력에의 의지가 없었다면, 공민왕, 신우, 신창을 거쳐 금상에 이르기까지 승승장구하였겠는가. 그는 언제나 자신이 속한 무리에서 우두머리를 놓치지 않았다. 착한 마음만으로 어찌 으뜸을 얻고 유지하겠는가.

"오히려 그 반댈세. 공자와 맹자가 천하를 주유한 까닭을 모르진 않겠지? 그들은 자신을 알아주는 군왕을 만나 그 나라에서 뜻을 펼치려고 했으이. 뜻을 펼친다는 것은 학교에서 학동들과 말장난이나 하는 게 아니야. 직분을 걸고 나아가 목숨을 던지며 한 나라를 부강하게 만들기 위해 최선을 다하는 것일세. 분란을 일으키는 자들은 잡아들이고 옥에 가두고 문초하고 귀양 보내면서 말이지. 누구보다도 풍부하게 공맹을 읽은 포은이 이 과정을 모를 리 없네. 자네보다도, 어쩌면 나보다도 권력의 속성을 훤히 읽고 처세를 결정해 왔어. 무엇을 위해서겠는가? 재상에 오르고 도당에 들어 이 나라의 중요한 일들을 제 뜻에 맞게 처결하기 위함이라네. 혼자 힘으로 되진 않지. 뜻을 같이하는 문신과 무장들을 모으고 또 그들의 직분을 높이는 데 힘써야 하는 것도 이 때문일세. 우리들 대부분이 세 치 혀와 부족한 글솜씨로 자신을 알리고 동지들을 모으는 반면, 포은은 말과 글을 아끼면서 큰 흐름을 보았네. 서찰에도 적었네만, 을묘년(1375년, 우왕 1년) 긴 상소를 올리고서도 소득이 없을 뿐만 아니라, 오히려 친명반원(親明反元)에 동조한 동학들이 귀양을 가고, 전녹생과 박상충이 죽은 후로는 신중에 신중을 더하게 되었어. 흥국사에 아홉 동지가 모였을 때도 그는 별말이 없었지만 결국 새로 바뀐 왕 아래에서 수문하시중에 올랐지. 포은은 정치를 알고 민심을 알고 또 가장 적은 움직임만으로도 자신이 돋보이는 방법을 알아. 정치가에겐 큰 미덕이지. 겉으론 사사로움이 전혀 없는 것처럼 보이는데 실속은 다 차린다네."

"포은이 신우와 신창의 처지를 딱하게 여겼다는 풍문이 널리 퍼져 있습니다."

나는 이 젊은이가 단순히 젊기 때문에 귀를 막고 좌우를 보는 눈이 좁은 것이 아니라, 자신의 뜻 외엔 아무것도 받아들이려 하지 않는 고집불통이란 불길한 예감이 들었다. 풍문이나 분위기, 위험의 가능성 따위가 어찌 논의의 근거가 될 수 있겠는가. 그건 그냥 간섭받지 않고 내 맘대로 하고 싶다는 의지의 표현에 지나지 않는다. 확실하게 더 논박했다.

"자넨 왜 신우와 신창을 용상에서 끌어내렸다고 보는가?"

"요승 신돈의 씨이기 때문 아닙니까?"

"이번에 세자가 명나라에 입조한 까닭은 무엇이고?"

"명나라가 원한 것 아닙니까?"

깊이 따지지 않고 되묻는 자의 얄팍함이여. 단답으로 세상은 바뀌지 않는다.

"하나만 알고 둘은 모르는 소릴세. 원나라에 대한 충(忠)을 왕의 시호에 쓰고 또 아내까지 원나라 여인으로 맞아들인 세월을 자네도 알지. 공민왕까지도 그런 치욕에서 예외는 아니었어. 한데 명나라가 중원의 최강자로 들어섰고, 고려는 국경을 넘어 명나라를 공격하려고까지 하였다네. 명나라는 당연히 의심을 품고 있어. 그런 명나라를 안심시키기 위해선, 왕실에서 원나라의 흔적을 말끔하게 지울 필요가 있네. 신돈의 씨인가 아닌가는 중요하지 않아. 공민왕이 신우를 아들로 인정하여 세자로 삼았고 신창이 아버지인 신우에 이어 왕위에 올랐네. 명나라 입장에서 보면 계속 원나라의 입김이 이어지고 있는 거야. 이를 확실히 잘라 내기 위해, 원나라와는 아무런 상관도 없는 방계 왕족 중에서 금상을 고른 거야. 자, 이제 고려는 확실히 원나라와 정리를 했습니다, 라고 보여 준 게지. 그리고 세자의 입조는 이를 증명하는 중요한 과정이었다네. 신우와 신창을 내리고 세자를 명나라에 입조하도록 준비하고 실행에 옮긴 이가 누구인가. 바로 포은이라네. 포은이 신우와 신창을 딱하게 여기고 말고의 문제가 아니라 명나라와 친교를 이어 갈 방도를 찾는 것이 중요했어. 이 모두가 정해진 수순이었단 걸세. 유자들을 평가하는 단어는 여러 가지가 있지. 치밀(緻密), 정민(精敏), 준일(俊逸), 온아(溫雅), 해박(該博). 각각에 어울리는 이를 적어도 네댓 명은 댈 수 있으이. 하지만 탁월(卓越), 이 단어에 합당한 이는 단 한 명 포은뿐일세."

"탁월하다면 더 큰 문제 아닙니까?

"권력에의 의지가 있어도 문제, 없어도 문제란 건가? 착한가, 악한가, 순수한가, 세상의 먼지와 티끌이 많이 묻었는가, 이딴 철부지 놀음으로 사람을 평가하지 말게. 금상이 즉위한 지 겨우 3년일세. 왕이 될 것이라곤 꿈에도 생각하지 않은 이를 불러 용상에 앉힌 걸세. 무(武)에서는 대장군 이성계, 문(文)에서는 수문하시중 정몽주, 이렇게 두 사람이 앞장을 섰어. 한데 포은을 죽이고 금상마저 끌어내린다면, 백성이 어찌 납득하겠는가. 또 세자의 입조를 받고 비로소 마음을 놓은 명나라가 또 한 번 의심을 품지는 않겠는가. 눈앞의 작은 이익만을 쫓아 동분서주한다고 천하를 얻는 게 아닐세. 제발 큰 흐름을 살피게나. 모르면 나와 포은에게 와서 묻기라도 하라 이 말이야."

마지막 말은 하지 않는 게 더 나았다. 이방원은 애써 불쾌한 표정을 감추며 오히려 목소리를 낮추고 담담하게 받았다.

"대장군을 위하려고 이러는 겁니다."

"아니야. 지금 분란을 일으키면 대장군에게 치명타를 안길 수도 있음일세. 자넨 대장군이 왜 백성의 존경과 칭송을 받는다고 보는가?"

"그거야 백전불패의 명장이시니……."

몇 수 앞을 짚어 줄 필요가 있었다.

"대승을 거둔 장수들은 대장군 외에도 드물지만 있다네. 최영 장군을 예로 들어 볼까. 그 역시 용맹하고 강직하기가 대장군과 어깨를 나란히 할 정도였다네. 하지만 깐깐하고 잔혹하기로 또한 이름이 높았네. 적군을 심문하듯 문신들을 다뤘지. 장수들은 대개 최영 장군과 비슷한 모습일세. 나라를 위해서든 사사로운 이익을 위해서든, 자신의 위세를 과시하려고 들지. 하지만 대장군은 그리하지 않았다네. 동북면의 전투들이 어떤 양상인지는 자네도 알지 않는가. 왕성에 머물며 공무를 하는 문신들은 상상조차 하기 힘든 끔찍한 순간을 아침저녁으로 감내해야 한다네. 대장군이 직접 목숨을 거둔 적군의 수도 언덕을 이룰 만큼 많지. 대장군은 어찌하면 적군을 두려움에 몰아넣을 수 있으며, 어찌하면 아군의 사기를 끌어올릴 수 있는지 누구보다도 잘 아신다네. 하지만 천천히 움직이셨고 웃으셨고 고요하셨네. 왕성으로 들어온 뒤로는 검을 뽑아 드는 법이 없으셨어. 종종 십자가로 나가서 잡배들과 어울리셨지. 호위에 어려움이 있다고 자제를 청하였더니, 시골 장수가 왕성에 오니 보고 듣고 입고 맛볼 것이 너무 많다며 웃으셨어. 자네가 알다시피 대장군은 결코 시골 장수가 아닐세. 여진과 몽골, 왜와 위구르인들까지 대장군의 막하에 머물며 충성을 맹세했고, 대장군은 이들을 통해 중원의 변화를 고려 조정보다도 더 빠르고 풍부하게 파악하셨다네. 위화도회군의 결단도 대장군이 세상의 흐름을 스스로 느끼고 확인하셨기 때문이라네. 대장군은 이마저도 감추셨지. 동북면 시골에서 올라온 무식한 장수라는 터무니없는 비난이 뒤통수를 쳐도 그저 웃기만 하셨어. 한낱 문신에 불과한 나나 조준에게 별명처럼 따라다니는 과격함이 대장군에게선 사라진 것이라네. 왕성의 백성이 먼저 알아보았지. 대장군 이성계는 다른 장수들과는 다르구나. 권력에 취해 불법을 저지르면서도 부끄러움이 없는 장수의 모습은 눈을 씻고 노려도 찾기 어렵구나. 전쟁터에서 적군의 목을 베는 일에만 능한 장수가 아니라 도당을 이끌며 우리의 어려움을 꼼꼼히 살펴 공평하게 처결하겠구나. 이런 믿음과 기대가 대장군을 지금의 위치까지 끌어올린 것일세. 한데 포은을 암살하자고? 암살에 성공하더라도 대장군이 쌓은 따듯함과 너그러움의 탑은 일시에 무너지고 마네. 광폭함을 숨겼다는 누명을 쓰게 될 걸세. 포은의 목은 얻겠으나 천하를 한순간에 잃게 돼."

다시 얼굴을 마주 대할 때까진 시일이 걸릴 듯하여, 가슴을 찌르는 경고까지 했다. 세상이 얼마나 크고 넓고 복잡다단한 줄 아느냐. 적어도 10년은 더 배우고 익히고 실패하고 절망해야 하거늘, 고려를 삼킬 궁리만 하는 애송이. 지금 겪어 두지 않으면 두고두고 골칫거리이리라. 이방원은 화살을 연이어 가슴과 배에 맞고도 버티고 선 장수처럼 청했다.

"한 번만 더 생각해 주시면 안 되겠습니까? 포은만 없애면 됩니다. 혁명의 완성을 막는 마지막 성입니다."

이 고집을 어찌 받아들여야 할까. 한없이 냉정하게 몰아세우려다가도 웃음이 나왔다. 바위가 구르듯 밀어붙이는 이 마음엔 혼탁함이 없다. 하지만 오늘은 따듯한 위로와 격려로 대화를 맺지는 않으리라. 영주에 묶인 나와는 달리, 이방원은 해주든 왕성이든 어디든 가서 포은을 없앨 음모를 꾸밀 수 있다. 그 불행을 막으려면 지금 단단히 못을 박아 둬야 한다.

"백락(伯樂)을 아는가?"

"춘추시대 진목공 아래에서 말을 탁월하게 감정한 이가 아닙니까?"

"구야(甌冶)를 아는가?"

"오나라에서 명검을 여럿 만든 장인이 아닙니까?"

"100필의 천리마를 얻는 것이 한 사람의 백락을 얻는 것만 같지 못하고, 100자루의 명검을 얻는 것이 한 사람의 구야를 얻는 것만 같지 못하다네. 백락과 구야만 있으면 천하의 좋은 말과 좋은 검을 언제든지 구해. 대장군의 백락과 구야는 누구라고 생각하는가? 바로 포은과 나일세. 누가 혁명의 적인지는 훗날 다시 진지하게 논의하세. 이것만은 분명히 해 두지. 만약 자네가 대장군과 내 허락 없이 분란을 일으킨다면, 권력에의 의지가 무엇인지 똑똑히 자네에게 보여 주도록 함세. 왕성에 두 번 다시 발을 들이지 못할 뿐만 아니라 자네의 식솔도 영원히 가난과 손가락질을 벗어나지 못하도록 만들겠다고 약속하겠네. 포은의 그림자도 밟지 말게. 그렇게 해."

"대감!"

『맹자』를 선물했다. 사서와 오경은 이미 외웠노란 답이 날아들었다. 비점을 둔 장을 꼭 찾아 읽으라며 다시 권했지만 받지 않았다. 포은이 26년 전 내게 준 선물임을 밝힌 뒤에야 챙겨 넣었다. 뚱뚱한 망량이 따라가고 호리호리한 이매가 남았다.

말을 많이 한 날엔 입도 쓰고 손놀림도 더디다. 당신들은 죄다 낡았다고 손가락질하며 우리는 푸르른 봄입네 으스대 왔지만, 오늘은 그 비난의 손가락이 정확히 나를 가리켰다. 이방원에겐 포은도 나도 어쩌면 대장군까지도 늙다리다.

목적을 이루는 데 집중하자며 나를 설득했다. 이방원이 정한 목적은 고려를 멸망시키고 새로운 나라를 세우고 대장군이 용상에 올라 태조가 되는 것이다. 그날이 오면 이방원은 왕실 종친에 속하여 대군이 되고 나는 조정 중론을 이끄는 재상이 되리라. 이방원의 물음은 또 이런 비판을 깔고 있다. 왜 왕에게 충성을 다하는 신하처럼 굴지 않는가. 이방원은 대장군과 나의 관계를 상하로만 파악한다. 주종(主從)의 수직 구조를 받아들이지 않는 이는 모조리 베어 없애려는 것이다. 이방원도 등과하였으니 재상의 역할과 또 탁월한 인물들을 두루 알 것인데 모른 척 외면한다.

재(宰)란 무엇인가. 재제(宰制)함이다. 백관의 상이한 직책과 만민의 상이한 직업을 두루 관장하며 공평하게 처결하는 것이다. 상(相)이란 무엇인가. 보상(輔相)함이다. 왕의 명령을 무조건 따르는 것이 아니라, 아름다운 명령에는 순종하고 추한 명령은 바로잡는다. 옳은 일은 하고 그른 일은 막는다. 이를 통해 왕을 대중(大中)에 들게 만드는 것이다.

송나라의 대학자로 『대학연의』를 지은 진덕수가 강조하지 않았던가. 재상은 자신을 바르게 한 다음 왕을 바르게 하며, 인재를 뽑고 업무를 훌륭하게 처결해야 한다.

신하가 명군(明君)을 만나는 것도 어렵지만 왕이 양신(良臣)을 만나기도 쉽지 않다. 대장군은 패자(覇者) 시대의 왕들처럼, 충분히 보상(輔相)의 의미를 이해하고 전권을 재상에게 맡겨 나라를 다스리는 것이 옳다고 여러 번 강조하였다. 그러나 이방원은 권세가 왕에게 집중되지 않는 나라는 혼란에 빠져 사라지고 만다고 주장한 적이 있다. 재상의 훌륭함과는 상관없이 하늘엔 두 개의 해가 빛날 수 없다는 논리다.

왕도 사람이다. 어진 이도 있고 각박한 이도 있으며 똑똑한 이도 있고 멍청한 이도 있으며 유약한 이도 있고 강건한 이도 있다. 왕이 전권을 휘두른다면 혼군(昏君) 혹은 폭군(暴君)의 도래는 시간문제다. 왕은 신하를 두려워해야 하고 신하는 백성을 두려워해야 한다. 두려움은 힘에서 나오고 그 힘은 법과 제도를 통해 뒷받침된다. 내 구상의 핵

심은 왕을 예외로 두지 않는 것이다. 왕은 가장 중요한 위치에 놓이지만 전체를 뒤바꾸지는 못하는 체계 속 일원이다. 이렇게 짜 둬야 왕이 설령 삼강과 오륜을 무시하더라도 체계 속에서 고쳐 나갈 수 있다.

그러므로 재상은 백관과 만민뿐만 아니라 왕의 삶 전체를 세세히 살피고 알아야 한다. 왕의 패악함과 우유부단함이 구중궁궐 바깥까지 알려지기 전에 단속하고 고치고 바꿔야 하는 것이다. 빈첩(嬪妾)은 물론이고 내시나 궁녀, 수레와 말 그리고 의복과 음식까지 재상은 하나하나 챙겨 과하지도 부족하지도 않도록 조처해야 한다. 재상은 왕의 부끄러운 비밀조차도 알아야 한다.

재상은 어떻게 왕의 잘못을 바로잡을 수 있을까. 지식을 자랑해서도 아니 되고 말재주를 뽐내서도 아니 된다. 재상의 진심을 헤아리고 그 정성에 감동할 때에만 왕은 스스로를 돌아볼 것이다.

재상에게 너무 많은 권세가 얹히는 것 아니냐는 질문이 나올 법도 하다. 누군가가 권세를 쥐어야 한다면, 그것은 정치가 무엇인지도 모르고 천지만물의 움직임과 국방의 엄중함에 무관심한 왕이 아니라 풍부한 지식과 탁월한 식견을 지닌 재상이다. 권세만큼 업무도 막중하니 재상은 단 한순간도 사사로움을 추구할 틈이 없다. 과거에 재상의 업을 능히 다한 이는 이윤(伊尹), 부열(傳說), 주공(周公)이었고, 지금 이 나라에서 재상의 소임을 거뜬히 할 이는 두 사람뿐이다. 포은 정몽주 그리고 나 정도전.

이방원의 착각을 지적해 두지 않을 수 없다. 대장군이 태조가 되신다 해도, 그가 대군이 되는 것은 당연하겠지만, 세자에 책봉되고 뒤이어 용상에 저절로 오르는 것은 아니다. 세자는 국가의 근본이니 신중에 신중을 더하여 정해야 한다. 역사를 살피면, 장자(長子)가 세자에 오르는 경우가 많으니, 형제끼리의 다툼을 막기 위해서다. 또 어진 왕자를 골라 세자에 앉히는 경우도 적지 않으니, 덕(德)을 존중하기 위해서다. 이방원은 장자도 아니고 어질지도 않다. 다른 자제들보다 아버지를 도운 공(功)은 있지만, 장수라면 당연히 공을 따져 상을 내리겠으나 세자 책봉이 당연하게 돌아가야 할 상일 순 없다. 이방원의 공이 아무리 크다 한들, 대장군의 1000분의 1에도 미치지 못할 것이고, 흥국사에 모인 포은과 나를 비롯한 대신들의 100분의 1에도 부족할 따름이다. 꼭 집어 따끔하게 비판할까 고민도 했지만 서찰에 담지 않았다. 아직은 고려가 멸망하지도 않았고 대장군이 태조가 되지도 않았고 내가 재상이 된 것도 아니다. 미래의 문제를 앞당겨 해결해선 안 된다. 때를 기다려야 한다.

이방원을 탓하기보단 내 문장을 부끄러워할 일이다. 두

통의 서찰을 썼으나 이방원을 전혀 흔들지 못했다. 우문에 지극히 짧은 현답으로 군왕의 어리석음을 단숨에 무너뜨린 공맹의 기운과 지혜의 말씀이 부럽고 그립다. 이방원은 모른다. 지금은 비평이 아니라 혁명을 시작할 때라고 처음 선언한, 원나라를 추종하고 백성의 비참한 일상을 외면한 노회한 대신들과 우리를 경계 지은 이는 내가 아니라 포은 이다. 세 번째 서찰을 써야 할까. 쓸 필요가 있을까.

소나기라도 한 자락 내리기를 바랐지만 비 소식은 없었다.

초봄에 영주로 왔을 땐 봄비가 닷새 동안 연이어 내렸다. 첫날엔 찬바람까지 불어, 밤이 들면서 봄비가 봄눈으로 바뀌었다. 나는 『맹자』를 펼쳐 놓고 첫머리를 읽는 둥 마는 둥 했다. 아이 둘이 마루에 붙어 앉아 처마에서 떨어지는 빗물을 바라보았다. 통통한 녀석은 앞으로 시중을 들 동자였고, 또 한 녀석은 동자의 동갑내기 사촌이었다. 둘은 한 동네 친구로 실과 바늘처럼 붙어 다녔다. 내 이사를 도우려는 동자가 혹처럼 사촌을 달고 온 것이다. 이삿짐이라고 해야 지게 한 짐이 고작이었고 비까지 내려 두 녀석은 할 일이 없었다. 대낮부터 나란히 앉아 낄낄대다가 졸고 또 히죽거리던 녀석들이 티격태격 싸우기 시작했다. 내 눈은 서책에 머물렀으나 내 귀는 재잘대는 말다툼에 쏠렸다. 동자가 어깨에 날아와 앉은 눈송이를 손등으로 털며 물었다.

"비가 눈이 되는 게 힘들까, 눈이 비가 되는 게 힘들까?"

"눈이 비가 되는 게 백배는 힘들지, 당연히!"

두 달 먼저 태어난 사촌이 아는 체했다. 세상에서 그가 답하지 못하는 문제는 없다.

"왜?"

"넌 달리다가 걷는 게 힘들어, 걷다가 달리는 게 힘들어?"

"걷다가 달리는 거."

"눈은 천천히 내리잖아? 그러다가 녹아서 비가 되면 주룩주룩 빨리 떨어지니까 무척 힘들지. 비로 떨어지다가 눈으로 바뀌는 건, 느려지니까 하나도 힘들지 않아."

동자가 고개를 갸우뚱거렸다.

"그래도 비가 눈으로 바뀔 때가 더 힘들지 않을까?"

"억지 부리지 마. 가을에 이르면 잎이 떨어지고 봄이 오면 얼음이 사라지는 것과 똑같아."

"비는 땅이 가까워지면 어디로 떨어질지 대충 알아. 지붕이면 지붕, 마당이면 마당! 하지만 눈은 흩날려. 지붕으로 내려오다가 실바람에 밀려 우물에 빠지고, 밭에 거의 닿았다가 강풍에 쏠려 언덕을 넘지. 회오리바람이라도 만나면 다시 하늘로 올라갈 때도 있어. 비일 때는 전혀 몰랐던 움직임이야. 이런 갑작스러운 변화를 다 받아들여야 하니, 얼마나 힘들겠어?"

사촌은 턱을 들어 하늘을 살폈다. 어둠이 찾아들자 허공의 눈들도 차츰 희미해져 갔다. 나는 서책을 펼쳐 놓았으나 등잔을 밝히진 않았다. 지금은 두 녀석의 대화가 내겐 서책이었다. 이윽고 사촌이 답했다.

"눈이 비보다 떨어질 곳을 예측하기 어렵다는 말은 맞아. 하지만 그렇기 때문에, 내 생각엔 더욱더 눈이 비로 바뀔 때가 힘들겠어."

"왜?"

"떨어질 곳을 마지막까지도 모른 채 자유롭게 눈으로 떠돌다가, 갑자기 오른쪽으로도 왼쪽으로도 앞으로도 뒤로도 못 가고 오직 아래로만, 딱 한 곳으로만 떨어지는 비를 상상해 봐. 얼마나 갑갑할까? 계속 비로만 내리던 녀석이랑 눈에서 비로 바뀐 녀석이랑 무척 다를 거야. 안 그래?"

동자가 잠시 생각한 후 사촌의 생각을 받아들였다.

"맞아. 눈에서 비로 내리는 게 비에서 눈으로 내리는 것보다 훨씬 힘들겠네. 근데 나 배고파, 형!"

동자는 배가 고플 때만 사촌을 형이라고 불렀다. 사촌을 따라 저녁을 얻어먹으러 갔다. 비에서 눈으로 바뀐 오늘의 화두는 계속 내리고 있었으나 어둠이 짙어 보이지 않았

다. 등불 없이 화두를 붙든 채 화두 곁에서 영주의 첫밤을
보냈다. 내 인생은 눈에서 비로 내릴까, 비에서 눈으로 내
릴까.

9장

야인의 작품

● 3월 병오일*

◎ 대장군 이성계가 계속 해주에 머물렀다.

◎ 왕이 왕성에 머물렀다.

아침부터 수창궁(壽昌宮)에서 보우의 어록을 묶은 서책을 읽다가 정몽주를 불렀다.

"보우 국사의 어록이 참으로 읽을 만하오. 정 시중이 발(跋)을 지었던데, 인연이 깊은가 보오."

정몽주가 답했다.

"젊어 한때 불제자들과 어울려 세상 이치를 논했던 적이 있사옵니다. 그때 국사를 뵙고 좋은 말씀을 들었사옵니

---

* 1392년 3월 25일.

다. 신보다 서문을 지은 한산부원군이 훨씬 인연이 깊사옵
니다."

왕이 미소와 함께 말했다.

"한산부원군은 따로 부르지 않겠소. '이 서책은 보우가
뱉은 말의 찌꺼기에 불과하다.'라고 적었으니, 과인이 불러
이것저것 궁금한 것을 묻는다고 해도, 찌꺼기를 들추지 말
고 문자나 언어에 갇히지 않는 도(道)를 살피라 꾸짖지 않
겠소?"

"아니옵니다. 한산부원군은 무엇이든 자상하게 가르침
을 펴옵니다."

"농담이오, 농담! 하여튼 한산부원군과 정 시중 모두 보
우 국사와 만남이 잦았고 어록에 서문과 발을 각각 지을
정도니 다행이오."

"무엇을 다행이라고 여기시는지요?"

"알지 않소? 정도전과 그를 따르는 무리는 이 나라의 여
러 어려움들이 불제자로부터 비롯되었다고 굳게 믿고 있
소. 사찰을 모두 부수고 그 재산과 땅을 압수해야 한다는
게요. 신돈과 같은 요승이 나라를 어지럽혔다는 것을 과인
도 모르지는 않소. 하지만 보우 국사나 나옹 왕사처럼 나
라의 큰 스승도 있었지 않소?"

정몽주가 답했다.

"신도 불제자 한 사람 한 사람을 탓하진 않사옵니다. 왕성 안의 사찰을 모두 왕성 밖으로 내치자는 주장에도 동의하지 않사옵니다. 하지만 사찰이 지나치게 많은 땅과 노비를 가진 것은 큰 문제이옵니다. 무거운 세금을 감당 못하여 스스로 사찰의 하인이 되는 농부들이 여전히 많사옵니다. 앞으로는 불제자가 되려는 자와 또 사찰의 하인이 되려는 자들을 엄격히 살펴야 할 것이옵니다. 또 사찰이 취한 땅의 넓이를 파악하고, 취득 경위를 소상히 조사하여 불법은 없었는지 조사해야 하옵니다. 아무것도 가지지 않고 중생을 위해 자비를 베풀며 깨달음을 추구하는 이가 곧 불제자인데, 그들이 좋은 땅을 가지고 비싼 음식을 먹고 마신다면 본분에서 벗어나도 한참을 벗어나는 일이옵니다."

왕이 할 말을 찾지 못하였다. 정몽주가 짧은 침묵 뒤에 물었다.

"보우 국사의 글 중에서 어떤 글이 좋으셨사옵니까?"

비로소 왕이 답했다.

"뛰어난 시가 많지만 그중에서도 「연해(連海)」란 작품이 마음에 드오. '넓고 넓은 큰 물결 위/ 뱃사공의 피리 소리 길어라./ 그 소리 듣고 세상 근심 잊나니/ 하얀 갈매기 춤추며 날아오르네.(浩浩洪波上 舟子笛聲長 一聽情塵破 白鷗舞飛揚)' 뱃사공의 피리 소리와 그 위로 날아오르는 갈매기 떼를 상상하니, 가슴이 뻥 뚫리는 것 같소이다."

"신도 그 시를 무척 좋아하옵니다. 급무가 어느 정도 마무리되면 서강(西江)에라도 나가서 뱃놀이를 즐기는 것이 어떻겠사옵니까?"

왕이 기쁨을 감추지 못하고 되물었다.

"그리해도 되겠소?"

"신이 모시겠사옵니다."

◎ 정몽주가 세자를 도와 명나라에서 가져온 물품을 정리하였다. 세자가 여러 물품을 선물로 내주었으나 받지 않았다. 세자는 물론이고 동행한 사신들도 알지 못하는 물품의 이름과 용도를, 정몽주가 집에 두고 쓰는 것처럼 척척 맞혔다. 세자가 탄복하자 정몽주는 말했다.

"항상 중원을 공부하시옵소서. 명나라는 세계의 중심이옵니다. 옛 문헌은 물론이고 최근 그들이 즐기는 물품과 일과 놀이도 수시로 살펴 세상의 흐름을 파악하도록 힘쓰시옵소서."

"해주에서 대장군도 똑같은 말씀을 하셨습니다."

정몽주가 말끝을 흐렸다.

"중상을 입었다고 들었사옵니다만."

"말에서 떨어지며 다리와 가슴을 크게 다치긴 했습니다.

하지만 정신은 맑고 목소리도 크고 눈빛도 또렷하여 대화를 나눌 때 어려움이 없었습니다. 호위대를 이끌기 위해 말에 오르려다가 쓰러져 정신을 잃을 줄은 몰랐지요."

"기절을 하였단 말씀이옵니까?"

"곧 깨어나긴 하였지만 공무를 하기엔 무리라서 내가 해주에 머물며 상처를 다스리라고 만류하였습니다."

정몽주는 어둠이 깔린 뒤에야 동궁을 나섰다. 기다리던 김진양이 대문 앞에서 인사를 했다. 정몽주가 서둘러 그를 데리고 들어갔다.

"두루 뜻 있는 이들을 만났습니다. 이색, 우현보 두 분의 학통을 이어받은 제자들과 성균관의 학생들까지. 원성이 높습니다. 악행을 나열하면 서책 한 권이 되고도 남을 지경입니다."

"움직이지 말라, 내 분명히 일렀네."

"작은 도움이라도 될까 하여 드리는 말씀입니다. 당하기 전에 우리가 먼저 쳐야 합니다."

"대장군의 부상이 알려진 것처럼 심각하진 않은 듯하네."

김진양이 즉답하지 않고 두 눈만 크게 뜨고 굴렸다.

"황주에서 해주까지 대장군과 동행한 세자 저하께서 말씀하셨네. 대장군이 대화를 나눌 만큼 정신이 맑고, 말에 오르려고 할 만큼 몸도 괜찮았다고."

"기절하였단 소문입니다."

"아주 잠깐이었다더군. 대장군의 부상이 경미하다면 움직여선 아니 되네. 해주에서 왕성은 한달음이야. 돌아가게."

"군자(君子)가 없으면 야인(野人)을 다스릴 수 없고 야인이 없으면 군자를 먹여 살릴 수 없다."라고 했다. 늘 군자로 살아갈 궁리만 했는데 귀양을 오니 야인의 삶도 들여다보게 된다. 군자는 다스리는 일과 농사짓는 일을 병행하기 어렵기에, 야인이 10분의 1의 부세(賦稅)를 내어 군자를 먹여 살리는 것이다. 자신은 군자이므로 마땅히 부세를 받아야 한다는 착각은 금물이다. 가렴주구(苛斂誅求)를 일삼는 군자에게 야인은 부세를 낼 필요가 없다. 군자가 굶어 죽더라도 야인의 잘못이 아니다.

신미년(1391년, 공양왕 3년) 9월 봉화로 내려오자마자 잡념을 잊을 소일거리를 찾았다. 들일을 하기엔 너무 추운, 기러기도 더디 난다는 겨울이었고 서책을 넘기면 후회만 늘었다. 마침 옆집에 손재주 좋은 목한(木漢)이 살았는데, 마을에서 필요한 농기구며 가구는 대부분 그가 만들었다. 백공(百工)에 당당히 속하는 목공(木工)이 바로 그였다. 그 덕분에 나는 옥을 만지는 옥공(玉工), 돌을 다루는 석공(石工), 가죽을 짓는 공피공(攻皮工), 기와를 굽는 전식공(塼埴工), 실을 짜는 사시공(絲枲工), 그림 그리는 회화공(繪畫工)의 특별한 삶도 미루어 짐작하게 되었다.

목한은 아름드리나무를 어깨에 메고 비탈을 달렸다. 만인을 대적했다는 장사 권현용(權玄龍)*이 살아 돌아왔다고도 했다. 나는 찾아가서 제자가 되기를 간청했다. 목한은 당장 내게 망치와 끌을 쥐여 주는 대신 그가 일하는 모습을 한 달 남짓 지켜보게 했다. 혼례를 치르거나 성을 쌓는 데도 순서가 있듯이 목한의 작업도 순서에 따라 진행되었다. 하나가 끝나지 않으면 다음으로 넘어가는 법이 없었다.

큰 집을 만들 때는 목수들을 불러 함께 일했다. 목한은 으뜸 목수를 맡았다. 왼손에는 대나무 자인 인(引)을 쥐고 오른손에는 장(杖)을 들어 중앙을 차지했다. 도끼를 품은 자가 오른쪽, 톱을 쥔 자가 왼쪽으로 벌려 섰다. 쪼개고 써

---

* 고려 후기의 무신. 왜구 토벌의 공이 많고, 힘이 아주 세어 대적할 자가 없었다.

는 솜씨가 신통치 않으면 크게 꾸짖고 내보냈다. 집이 완성되면 그 공은 으뜸 목수인 목한에게 돌아갔으며, 그에게 일을 얻은 목수들은 품삯을 받은 것으로 족했다. 목한의 일은 재상(宰相)의 일과 놀랍도록 흡사하다. 재상 역시 조정의 중심에 자리를 잡는다. 또한 천하의 유능한 인재를 널리 구하여 좌우에 두고 직분을 맡기는데, 잘못을 범하면 당장 파직하여 물러나도록 한다. 나라가 부강하면 백성은 재상의 공덕을 칭송하며, 그에게 뽑힌 인재들의 이름까진 거론하지 않는다.

목한은 숯으로 머릿속에 담긴 가구들을 쓱싹쓱싹 특징을 살려 나무판에 여러 번 그렸다. 내게도 숯 그림을 매일 열 장씩 그리게 했다. 그사이 나주로 갔다가 봉화로 옮겼다가 다시 이곳 영주에 닿았다. 머무는 곳은 달랐지만 심심풀이는 바뀌지 않았으니, 서툰 재주일망정 겨울을 보내고 봄을 지나치는 동안 작은 깨달음과 함께 곁에 두고 볼 만한 물건이 몇 점 생겼다.

손이라고 해서 다 같은 손이 아니다. 붓밖에 쥐지 못하는 손은 세상을 알기 어렵다. 붓 쥐는 것을 빼고도 손은 구백구십 하고도 아홉 개의 일을 더 할 수 있다. 일을 하며 천 가지 느낌을 얻는데 어찌 붓에만 머무르랴. 씨앗을 심는 손과 그물을 당기는 손이 다르고 망치를 휘두르는 손과 맷돌을 돌리는 손이 다르며 무엇보다도 붓을 쥐는 손과 무엇인가를 어루만지는 손이 다르다.

어루만진 그 손으로 붓을 쥐어야 한다. 당신이 평생 붓만 쥔다면 나는 당신을 믿지 못하겠다. 당신이 공을 들여, 붓 아닌 다른 일들을 손으로 익힐 때, 설령 그 일에 평생 서툴더라도, 나는 당신과 무릎을 맞대고 세월을 함께 보내겠다. 당신의 말과 글을 믿어서가 아니라 당신 손의 굳은살과 갈라진 주름의 기억을 아끼는 것이다. 누군가를 알고 싶다면 손을 살필 일이다. 수천의 기억을 간직한 손을 쥔다면, 당신은 지금 감히 성인(聖人)을 뵙는 중이다.

목한은 자신이 만든 모든 가구에 따로 이름을 붙였다. 어떤 이름은 어울렸고 어떤 이름은 뜻을 알기 어려웠고 어떤 이름은 붙이지 않으니만 못했다. 윗마을 노파의 부탁으로 만든 소반의 이름은 '바람떡'이고 아랫마을 외팔이가 주문한 지게의 이름은 '쉼'이었다. 스승을 따라 나도 내가 만든 녀석들의 모습을 간단히 그리고 이름을 적었다. 작명의 이유를 밝혀 엉뚱하게 해석되는 것을 막고자 한다. 함께 뜻을 키웠으나 애석하게도 먼저 죽은 이들을 위한 선물이다. 산 자보다 죽은 자와 머무는 시간이 늘어난다. 받아 줄 이가 없으니 평생 내가 간직하며 기억의 도구로 삼겠다.

석탄의 보름달(石灘滿月)

　석탄은 부여의 지명이자 이존오의 호다. 진중하고 과묵하
며 올곧기로 이름이 높았다. 일찍이 포은 정몽주와 함께 삼
각산에 들어 『대학』과 『중용』을 공부하였고, 경자년(1360년,
공민왕 9년) 10월 정몽주, 문익점 등과 함께 등과하였다. 병오
년(1366년, 공민왕 15년) 좌사의대부 정추와 함께 신돈을 비판
하는 소를 올렸으니, 이때 그의 벼슬은 우정언(右正言)이었
다. 신돈의 불법과 무례가 극에 달했지만 그 위세를 두려워
하여 잘못을 논죄하는 간관이 없었다. 이존오는 "요물이 이
나라를 어지럽히고 있으니 반드시 없애야 한다."며 서둘러
상소를 올렸다. 문수회에서 신돈이 감히 왕과 나란히 앉은
것과 말을 탄 채 대궐문을 출입하는 것을 비판하는 대목에
이르자, 왕은 화를 내며 상소를 불태우게 한 뒤 이존오와 정
추를 불러 크게 꾸짖었다. 이존오는 왕과 마주 앉은 신돈을
향해 "늙고 요망한 중이 어찌 이렇듯 무례한가?"라고 일갈
하였다. 놀란 신돈이 의자에서 내려왔다. 왕은 이존오의 노
기등등한 눈을 꺼려 순군옥에 가두고 장차 죽이려 하였다.
이색이 고려 건국 이래로 간관을 참한 적이 없다고 반대하
였으므로, 장사감무로 좌천되었다가 이윽고 벼슬을 던지고
석탄에 은거하였다.

경술년(1370년, 공민왕 19년) 내가 귀양과 방랑의 시절을 마치고 왕성에 돌아와서 성균관 박사로 학생들을 가르칠 때, 추석 즈음하여 이존오가 왔다. 우리는 둥근 보름달 아래에서, 달이 차고 기우는 이치와 사람이 만나고 헤어지는 인연을 논했다. 그때도 울분을 이기지 못하더니 다음 해부터 병이 점점 깊어졌다. 신돈이 죽고 나서야 죽기를 원하였지만, 요승이 실각하기 석 달 전에 먼저 서른한 살 짧은 생애를 마쳤다. 배운 대로 말하고 말한 대로 행한 이존오는 학인의 귀감이 아닐 수 없다. 일찍이 한 번 서안에 앉으면 펼친 서책을 끝까지 읽고 외울 때까지 일어서는 법이 없었다.

봉화에서 나무를 다듬는 재주를 익힌 후 가장 먼저 이존오를 기리며 서안을 만들었다. 각을 없애고 둥글게 바깥을 두른 까닭은 달을 마주하여 서로를 그리워하듯 서책을 놓고 그리워하기 위함이며, 네 개의 다리에 거칠게 홈을 낸 것은 호탕하게 흘러가는 석탄의 물줄기를 기억하기 위함이다. 아름다운 인연과 때 이른 죽음을 안타까워하며 그 제목을 '석탄의 보름달'이라 붙인다.

바람 소리(風聲)

이집(李集)은 의리 있는 선비이자 성당(盛唐)의 시처럼 소탈하게 평생 자연을 즐긴 은둔자이다. 갑인년(1314년, 충숙왕 원년) 생으로 벼슬이 판전교시사에 이르렀다. 정몽주 혹은 이숭인 등과 나이 차가 매우 컸지만 괘념하지 않고 벗으로 지내며 우정을 나눴다. 자주 시마(詩魔)를 앓아 끼니를 거르고 밤을 새워 시를 짓고 작별을 아끼며 읊는 날이 많았다.

원래 이름은 이원령(李原齡)이었는데, 신돈이 집권한 후 그 화를 피하여 아비인 이당(李唐)을 업고 어린 자식을 끌어 남쪽 영천으로 피하였다. 돌아온 후 그 이름을 집(集), 그 자(字)를 호연(浩然)으로 고쳤다. 우환을 겪은 탓에 이름을 고쳤다는 소문이 돌았지만, 나는 그의 이름과 자가 모두 맹자의 가르침에서 왔음을 분명히 하였다. 수많은 신하 중에서 신돈의 올바르지 않음을 지적하고 용기 있게 물러나서 세상에 자취를 남기지 않은 이는 이집 외에 겨우 한두 명이 있을 따름이다. 그가 이름을 바꾼 것은 강직한 본바탕을 더욱 견고하게 지키고자 스스로 권면하는 것이지 불운과 재수 없음을 탓해서가 아니다. 천지의 바른 기운인 호연(浩然)을 기르며 맹자의 가르침을 공경히 따라서 천하를 유람한 탓에 시풍이 맑고 꾸밈이 없다.

힘써 오른 명산이 수백에 이르니, 높이와 모양이 제각각인 봉우리와 계곡 사이에서 만난 사람과 겪은 이야기를 풀어 놓으면 끼어들 틈이 없었다. 말뿐인가 의심하여 산행을 따라나선 적이 여러 번이었는데, 그는 바위 사이를 산양처럼 껑충 뛰었고 처음 보는 길도 오래 다닌 길처럼 시작과 끝을 정확히 추측했다. 비나 눈이 내린 길에서도 미끄러지는 법이 없었고 짐승의 울음이 가까이에서 들려도 겁을 먹거나 움츠러들지 않았다. 가장 빨리 달렸고 가장 적게 물을 마셨으며 가장 많이 주변을 살피고 잎이나 줄기 혹은 작은 돌을 거둬 담았다. 환갑이 지난 후에도 미투리 신고 등산을 멈추지 않았으니 과연 요산자(樂山子)라 일컬을 만했다.

정묘년(1387년) 홀연 세상을 떠났는데, 유품 중에는 저절로 매화를 찾아 나서는 지팡이가 하나 있었다. 멧돼지의 엄니를 끝에 끼웠으니 땅이나 돌에 부딪혀도 부러지는 법이 없었고 가운데는 참나무를 둥글게 깎았으며 위에는 작은 방울을 달아 소리가 울리도록 했다. 노승들이 즐겨 쓰는 육환장과 비슷했으나 더 크고 더 가벼웠다. 왜 하필 방울을 다느냐고 몇 번 물었는데 그때마다 대답이 제각각이었다. 산림에 노니는 짐승들에게 건네는 인사라거나 바람의 소리를 듣고 싶어서라는 대답이 가장 마음에 들었다. 이집의 초탈한 웃음과 날렵한 발걸음을 기억하며 지팡이를 깎아 만든 후 그 이름을 '바람 소리'라고 붙인다.

길화흉복(吉禍凶福)

박상충은 천재다. 새 중에 봉황이요, 짐승 중에 기린이란 말은 그에게 적당하다. 경서와 사서에 정통하고 시문에 뛰어나며 의리를 안다는 칭찬은 그를 절반도 담지 못한 것이다.

일찍이 계사년(1353년, 공민왕 2년) 5월 이색과 함께 등과하였으며, 성균관에서 김구용, 정몽주, 이숭인, 박의중 등과 함께 학생들을 힘써 가르쳤다. 불의를 보거나 들으면 참지 못하였는데, 사서(史書)에서 악한을 논할 때는 당장 달려들어 중벌을 내릴 듯 주먹을 불끈 쥐고 두 눈을 부릅뜬 적이 많았다. 도연명처럼 두건을 벗어 술을 걸러 마시며, 대취한 후에도 자세가 흐트러짐이 없었다.

신우가 용상을 차지한 뒤 이인임을 비롯한 간신이 정도(正道)를 어지럽혔다. 명나라를 섬기기로 한 공민왕의 정책을 하루아침에 어기고 북원(北元)에게 충성을 다하겠다는 글을 바치려고 할 때, 박상충이 가장 큰 소리로 반대하며 서명하지 않았고 나 역시 반대의 뜻을 분명히 했다. 북원에서 사신이 오자, 박상충은 다시 상소를 올려 북원과의 단교를 강력히 주장하였다. 이미 북원과 손을 잡기로 작정한 간신들은 명나라와 의리를 지키고자 하는 이들을 벌주기로 작정하였다. 나도 정몽주도 이때 죄를 얻어 귀양을 떠났는데, 박상충 역시 우리와 나란히 원배의 벌을 받았다. 심하게 문초를 당하고 치도곤을 맞는 바람에 귀양 가는 길 위에서 상처가 덧나 목숨이 다했다. 전녹생 역시 박상충처럼 길 위에서 죽으니 그 원통함이 하늘에 닿았다.

박상충은 천문과 점복에 밝아서 길흉화복을 점치면 대부분 정확하게 맞았다. 사람이 청렴하며 먹고 자는 일에 관심이 없었기에, 벼슬을 얻고서도 네 벽 안에 귀한 물품은 하나도 없어 가난함을 벗지 못하였다. 나는 삼경이 넘어서야 그의 집에 도착하곤 했는데 함께 천문을 살피기 위함이었다. 하늘의 별이 서책의 글자만큼 많다고 일러 준 이도 그였고, 봄 여름 가을 겨울 쉼 없이 움직이는 별의 운행을 가르쳐 준 이도 그였고, 그 별에 담긴 기막힌 이야기들을 들려준 이도 그였다. 원나라 세조 때 만든 수시력(授時曆)과 당나라 목종 때 만든 선명력(宣明曆)을 또한 깊이 연구하였다. 책장 하나 가득 『주역』에 관한 서책이 빼곡했으며 직접 만든 산가지 통에서 산가지를 뽑을 때는 숨도 쉬지 않는 것처럼 고요했다. 괘를 푸는 음성은 두보의 시를 읊듯이 유장하고 당당했다. 사계절에 따라 각기 다른 천문도 넉 장을 부적처럼 몸에 지니고 다녔으며, 정사각형 박달나무 산가지 통도 오랫동안 그의 곁에 머물며 신통력을 더해 갔다. 엉성하게나마 은행나무 판에 겨울 천문도를 새기고, 박달나무를 어렵게 구하여 산가지 통을 만들었다. 천문도 네 귀퉁이와 산가지 통 네 면에 똑같이 길화흉복 네 글자를 하나씩 써넣었다. 문성(文星)*은 빛나고 도구는 있으되 내 미래를 점칠 사람은 곁에 없구나. 슬프다.

칠우당(七友堂)

김구용의 붓놀림은 구름이 흐르고 시가 나는 듯 자연스럽다. 『시경』의 취지를 따르는 솜씨가 동국에서 으뜸이다. 정몽주, 이숭인, 이존오 등과 의리와 애정이 돈독하여 아침저녁 강론하기를 부지런히 하였으니, 동방 의리의 학문은 이들로부터 비로소 번창한 것이다. 을미년(1355년, 공민왕 4년)에 등과하였고 성균관에서 탁월한 강의를 선보였다. 신우가 왕위에 오른 뒤 북원의 사신을 영접하려 할 때, 이숭인, 권근 그리고 나와 함께 도당에 반대하는 글을 올렸다. 이 일로 인해 죽주로 유배되었다가 외가가 있는 여흥으로 옮겼다. 여강 어부(驪江 漁父)를 자처하며 강, 산, 바람, 꽃, 눈, 달 등 값을 치르지 않고 거저 즐기는 이들을 벗으로 삼았다 하여 작은 방을 육우당이라고 이름 짓고 그 안에서 7년을 머물렀다.

* 문운(文運)을 맡은 별.

복직되어 벼슬이 성균대사성에 이르렀다. 갑자년(1384년, 우왕 10년) 행례사(行禮使)로 뽑혀 요동도사에게 예를 드리러 고조선의 땅으로 갔다. 명나라 조정이 사사롭게 교류한다는 죄를 물어 그를 운남으로 귀양 보냈다. 사천의 노주에 이르러 병이 깊어 길 위에서 죽으니, 사신으로 대국을 왕래하는 일이 이처럼 위험하고 어렵다.

그의 아우 김제안 역시 강직하고 호방하였다. 원나라에 사신으로 가서도 당황하거나 주눅 들지 않았다. 그곳 유생과 함께 시와 문을 논하였는데 특히 유금(儒琴)을 연주하는 솜씨가 탁월했다. 귀국해서는 신돈의 횡포에 맞서 맨손으로 맹수를 잡듯이 덤벼들었다. 무신년(1368년, 공민왕 17년)에 김정(金精) 등과 모의하여 신돈을 죽이려다가 발각되어 죽임을 당했다.

김구용의 청신(清新)하고 아려(雅麗)한 시들을 새삼 음미하며 그가 머물렀던 작은 방을 지으니, 그 방이 지금 내가 머무는 방과 크게 다르지 않다. 그가 추천한 여섯 벗 외에 그의 시까지 곁들여 일곱 벗을 간직한 집인 칠우당(七友堂)을 만들었다. 무릎에 올려놓고 즐길 만큼 작다.

(2권에서 계속)

● '소설 조선왕조실록'을 펴내며

인생의 향기가 유난히 강한 곳엔 잊지 못할 이야기가 꽃처럼 놓여 있다. 이야기들은 시간의 덧없는 풍화를 견디면서, 생사의 경계와 세대의 격차 혹은 거리의 원근을 따지지 않고 영원을 향해 자신을 밀어붙인다. 역사가 그 움직임의 거대한 구조에 주목한다면, 소설은 그 움직임의 구체적 세부를 체감하려 든다.

인류는 현재의 화두로 과거를 끊임없이 재구축해 왔다. 미래는 아직 오지 않은 과거이기에, 과거를 고찰하는 것은 곧 현재를 뛰어넘어 미래로 도약하는 방편이다. 선조의 삶을 핍진하게 담은 어제의 신화, 전설, 민담 역시 오늘의 소설로 재귀해야 한다. 60여 권이 훌쩍 넘을 '소설 조선왕조실록'에서 다룰 대상은 500여 년을 이어 온 나라 조선이다. 조선은 빛바랜 왕조에 머무르지 않는다. 국가의 운명을 둘러싼 정치 경제적 문제에서 일상에 스며든 생활 문화적 취향에 이르기까지, 21세기 한국인의 삶에 계속해서 육박하는 질문의 기원이 그 속에 자리 잡고 있다.

일찍이 한국 근대문학의 선구자인 이광수를 비롯하여 김동인, 박태원, 박종화 등 뛰어난 작가들은 조선에 주목하여 소설화에 힘썼다. 이 왕조의 중요 인물과 사건을 이야기로 담는 일이 개화와 독립 그리고 건국의 난제를 넓고도 깊게 고민하여 해결책을 찾는 길임을 예지했던 것이다. 그 당시 독자들은 이들을 읽으면서, 각자에게 닥친 불행의 근거를 발견했고 눈물을 쏟았고 의지를 다졌고 벅차올랐다. 등장인물들은 오래전 흙에 묻힌 차디찬 시신이 아니라 더운 피가 온몸으로 흐르는 젊은 그들이었다. 안타깝게도 이 걸작들은 세월과 함께 차츰 망각의 강으로 가라앉았다. 21세기 독자들과 만나기엔 문장 감각도 시대 인식도 접점을 찾기 어려웠다.

최근 들어 조선을 다루는 소설과 드라마 혹은 영화의 확산은 환영할 일이다. 하지만 붓끝을 지나치게 자유로이 놀려 말단의 재미만 추구하고 예술적 풍미를 잃은 작품이 적지 않은 것도 사실이다. 역사소설의 '현대성'은 사실의 엄정함을 주로 삼고 상상의 기발함을 종으로 삼되, 시대의 문제를 정면으로 응시하고 국학계의 최신 연구 성과를 두루 검토한 후 그에 어울리는 예술적 기법을 새롭게 선보이는 과정에서 획득된다.

'소설 조선왕조실록'은 새로운 세기에 걸맞도록 조선 500년 전체를 소설로 재구성하는 작업이다. '소설 조선왕조실록'을 평생 걸어갈 여정의 깃발로 정한 이유는, 세계기록문화유산으로 등재될 만큼 정밀하면서도 풍부하게 하루하루를 기록한 이들의 정신을 본받기 위함이다. '조선왕조실록'이 궁중 사건만을 다룬 기록이 아니라 정치, 경제, 사회, 문화 모두를 포괄하는 기록이듯이, '소설 조선왕조실록' 역시 정사와 야사, 침묵과 웅변, 파괴와 생성의 세계를 넘나들며 인생과 국가를 탐험할 것이다. 아직 작가의 손이 미치지 못한 인물과 사건은 신작으로 발표하고 이미 관심을 두었던 부분은 기존 작품을 보완 수정하여 펴내, 거대한 퍼즐을 맞추듯 조선을 소설로 되살리겠다. 한 왕조의 흥망성쇠를 파노라마처럼 체험하는 것은 작가에게도 독자에게도 특별한 경험이리라.

세르반테스는 『돈키호테』에서 일찍이 강조했다. "역사는 진실의 어머니이며 시간의 그림자이자 행위의 축적이다. 그리고 과거의 증인, 현재의 본보기이자 반영, 미래에 대한 예고이다." 이제 조선에 새겨진 우리의 미래를 찾아 들어가려 한다. 서두르지 않고 황소걸음으로 한 문장 한 문장 최선을 다하겠다. 이 길고 오랜 여정에 독자 여러분의 강렬한 격려를 바란다.

김탁환

소설 조선왕조실록 01

혁 명 1 광활한 인간 정도전

1판 1쇄 펴냄 2014년 2월 7일
1판 7쇄 펴냄 2022년 4월 18일

지은이   김탁환
발행인   박근섭 · 박상준
펴낸곳   (주)민음사

출판등록   1966. 5. 19. 제16-490호
주소   서울특별시 강남구 도산대로1길 62(신사동)
           강남출판문화센터 5층 (우편번호 06027)
대표전화   02-515-2000 | 팩시밀리   02-515-2007
홈페이지   www.minumsa.com

© 김탁환, 2014. Printed in Seoul, Korea

ISBN 978-89-374-4202-5 04810
ISBN 978-89-374-4201-8 04810(세트)